2016年度
公安文学精选
（散文诗歌卷）

我的警察兄弟

全国公安文联◎选编

代表本年度中国公安文学最高创作水平

一年一度的中国公安文学盛宴

群众出版社·北京

图书在版编目（CIP）数据
我的警察兄弟／全国公安文联编．—北京：群众出版社，2018.6
（2016年度公安文学精选．散文诗歌卷）
ISBN 978－7－5014－5843－1
Ⅰ.①我…　Ⅱ.①全…　Ⅲ.①散文诗—诗集—中国—当代　Ⅳ.①I227.6
中国版本图书馆CIP数据核字（2018）第150851号

我的警察兄弟
全国公安文联　编

出版发行：群众出版社
地　　址：北京市丰台区方庄芳星园三区15号楼
邮政编码：100078
经　　销：新华书店
印　　刷：北京市泰锐印刷有限责任公司

版　　次：2018年7月第1版
印　　次：2018年7月第1次
印　　张：10.5
开　　本：880毫米×1230毫米　1/32
字　　数：290千字

书　　号：ISBN 978－7－5014－5843－1
定　　价：38.00元

网　　址：www.qzcbs.com
电子邮箱：qzcbs@sohu.com

营销中心电话：010－83903254
读者服务部电话（门市）：010－83903257
警官读者俱乐部电话（网购、邮购）：010－83903253
文艺分社电话：010－83903973

出版说明

为深入贯彻党的十九大精神和习近平总书记在文艺工作座谈会上的讲话等系列重要讲话精神，积极落实公安部关于推动公安文化大发展大繁荣的实施方案中提出的“推出更多公安题材优秀文化作品，出版年度公安文学精选”的要求，进一步加强公安队伍思想文化建设，服务公安现实斗争，着力打造公安文化品牌，推出公安文学精品，发现和扶持公安文学创作人才，满足新时期公安民警对公安文化的新期待、新需求，同时更好地满足广大读者对优秀公安文学作品的阅读需求，全国公安文联和中国人民公安出版社决定继续编选、出版“2016 年度公安文学精选”。

由全国公安文联编选的“年度公安文学精选”迄今为止已出版了十九卷，即“2011年度公安文学精选”共三卷，含中篇小说卷《特殊任务》、短篇小说卷《结案风波》、纪实文学卷《追捕始于新婚之夜》；“2012年度公安文学精选”共四卷，含中篇小说卷《归案》、短篇小说卷《编外神探》、纪实文学卷《亮剑湄公河》、散文诗歌卷《我的贺年卡》；“2013年度公安文学精选”共三卷，含中篇小说卷《命运之魅》、短篇小说卷《沙堡》、纪实文学卷《追捕深海“掠食者”》；“2014年度公安文学精选”共四卷，含中篇小说卷《派出所长》、短篇小说卷《无处可逃》、纪实文学卷《“猎狐”行动》、散文诗歌卷《心中有座百草园》；“2015年度公安文学精选”共五卷，含中篇小说卷《风住尘香》、短篇小说卷《神算》、纪实文学卷《刑警“803”》、散文诗歌卷《秘密》、网络文学卷《背后有眼》。以上作品出版后，受到了广大读者，特别是全国各级公安机关民警的欢迎和喜爱。

“2016年度公安文学精选”的入选作品，均为发表后受到读者广泛好评并产生较好社会效益的优秀公安文学作品，代表2016年度中国公安文学在中篇小说、短篇小说、纪实文学、散文、诗歌体裁中的最高创作水平，在思想性和艺术性方面具有突出特色，是奉献给广大关心和热爱公安文学的读者的精神大餐。

“2016年度公安文学精选”共出版四卷，即中篇小说卷、短篇小说卷、纪实文学卷、散文诗歌卷。

这是中国公安文坛第六次举办全国性年度公安文学作品精选的征集选编活动。该活动由中国公安文学精选网协办。

“年度公安文学精选”编委会办公室

2018年5月16日

目　录

散　文（2016 年度）

一、精彩的从警岁月

二、多彩的梦想

四、永远的牵挂

诗　歌（2016年度）

散　文
（2016 年度）

一、精彩的从警岁月

从警这座小城里的秋味

廖敬生

再临梧州，已值暮秋。一场蒙蒙秋雨过后，这南国小城被罩上了一层雾色，时而薄薄的犹如蝉翼，时而厚厚的宛似棉絮，时隐时现的雾色云海奇观便映入眼帘……

来到梧州已有一段时日了。生活在南方的城市里，倘若不出城，感觉大自然的变化并不十分明显，街边的树木枝叶依然绿，爱美的姑娘裙子依然短，路上的快递小哥依然忙，周围的景致并无多大变化。

落叶树丛、饶有特色的小街，以及那些行色匆匆的行人，朦胧成一囊流离的影子。微风轻拂，秋雾随风起舞着曼妙的脚步，宛如轻纱缥缈，泛起朵朵清凉的花，落在肩上，落在眉头，落在心里。心，便爽然。

“雾锁山头山锁雾，天连水尾水连天。”一场秋雨，荡漾着一抹幽蓝或幽白的秋雾，不知是云还是烟，在离开家乡有段时日的游子心头弥漫起了一份柔润的粲然。我想，这应该是一幅丹青，那如诗般的空灵，在这鸳鸯江上徐徐浮动。是的，烟雨岭南的雾，似花非花，似雾非雾，笼罩着山岚，氤氲着水乡。这座素有“小香港”之称的小城风情被苍然成蜃楼，那山、那水、那江被释然成梦幻。

下班之后，一个人行走，置身于这座山城的雾里，总会让人浮想联翩，难怪刘禹锡有诗句曰：“风光徒满目，云雾未披襟。”而我，此刻也仅能在缥缈的雾中，眺望远处狭巷口，希望有一个手持丁香、撑一把油纸伞的姑娘走出雾色，走入眼帘，穿过雾的弥漫、穿过朦胧山城的烟雨，穿透我的心……

烟雾渐渐散去，远山起伏连绵，渐渐明晰成一条凌厉的曲线，隐约的树木和村庄错落有致地点染着远方，像一幅清新淡雅的水彩画。田野褪去了青纱帐碧绿的装束，一块块、一片片田地纵横交错着，像一阕阕意蕴深厚的唐诗宋词，愈显成熟的颜色，不娇艳、不做作，一切是那么的自然而凝重。

那些来不及思念的时光，已时过境迁，转眼也已逃离了原点。上班、下班、加班，在这个一切都压缩加快了的年代，想要在“稻花香里说丰年”，恐怕真的需要一些不问收获的勇气与执拗，因为无论春天的青春梦想多么饱满，不沉下来埋头耕种，稻花的香味，总是远的。所以，无论于工作或是生活的种种，有意或无意间忽略一些，再有意或无意间忘记一些，然后，值得珍惜的痕迹都逐渐而缓慢地消失在岁月里。

眼前的这座城市，如果能描摹出一个藏蓝梦想，这依然会是一幅崭崭新新的水墨画。有时候，对事物起了珍惜之心，也常常只是因为某一个念头而已，然后就有可能因为这个念头一发不可遏止了。因一袭藏蓝，来了这里，也许算是暂定了吧。如果是的话，那就再等等梦想、等等我的伊人，而后一起开始新的生活。然而，对于有些期望要有却没有的，无论是否得到，也总会留些许丝丝的忧伤，毕竟生活从此也会因这份不一样的开始，渐渐地变得复杂未知起来。

青春已不可再寻，人生本就是一场有规律的阴错阳差。这又有什么要紧呢？既然来了就来了吧，也没什么可抱怨的，所有一切的一切都变成一种成长的痕迹，抚之怅然，让同样的故事不一样的情节继续不断上演，但却无从追寻。梦想，也只有在一段又一段时光里继续；而我，只有不断奔跑，在去留无意间寻找一种模糊，最后终于，站在无垠天地、市井人间里，彻底被世界所遗忘。

（原载《梧州日报》2016 年 11 月 15 日）

天下无贼

郭小鸿

刚从警校毕业后，我被分配在一个派出所工作。派出所不大不小，共八九个人，四五支枪。

值班闲暇，所长喜欢摆“龙门阵”，有时言语中很有自己独到的一套理论和见地。

所长五十出头，已是个老公安。他大高个儿，魁梧，梳背头，外貌有几分肖似毛泽东。平时喜欢吸烟，一只手叉腰，一只手夹着烟，显得自信又气派。他对市局下达“人犯指标”颇有微词，说公安管理的长效性在于“细雨润物”，靠搞“人犯会战”解决不了本质上的问题，有“削足适履”之嫌。结果传到市局那儿，局长说他抗上。

由于警力严重不足，我刚接的片曾“撂荒”

了几年。辖区跨度大，又处在城乡接合部，下雨“大酱缸”，晴天“憋死牛”。人口四千多户，治安相当混乱。“白扇”“夜窑”等盗窃案屡屡发生，弄得我捉襟见肘，工作一时摸不着头绪，心中很苦恼。所长看出我的心思，把我叫到办公室，依旧是一手叉腰，一手夹着烟。“你担子挺重，又是所里的重灾区，没办法，警力不足。但工作千万不能急躁，尤其是新包街民警，首先要学会做群众工作，走群众路线……”我觉得所长愈发像毛泽东。而他的话语虽令我有些似懂非懂，但心里确乎有了些亮色。

从此，我起早贪黑走片，深入居民区，饿了就在片上食杂店对付一口。一方面提高人口熟悉率，另一方面寻觅盗窃案的蛛丝马迹。开始收效并不明显，有时我正在东头走访居民户，西边便发生了盗窃案，我却连个贼影都搭不着。心中这个气，好像贼在和我玩儿猫捉鼠游戏，欺侮我这个“雏”，故意向我挑衅。总之，盗窃案接连发生，数量不断上升，我的脸上有些挂不住，嘴上起火泡，见所里领导也不敢抬头。

功夫不负有心人，渐渐的，我从辖区的老居民口中得知了一些信息，上了年纪的人惯于起大早，他们差不多都和我叙述了同一件怪事儿，就是天刚放亮时，常看见有陌生人在辖区胡同里散步，来回穿梭，鬼鬼祟祟的。我心想，原来贼比我聪明，比我还敬业啊。回来后我把情况向所领导汇报了，所长沉吟一下说，这是贼在“打眼”。我联想起几个被盗的失主曾经向我谈到，“早上出门前，门外不远处好像有陌生人徘徊，常常是刚离开家便被盗。”这让我心里一下豁然开朗，对啊，这不正是贼惯用的“打眼”方式吗？平时偷偷观察居民家里的情况，包括财产、几口人、谁最后离开家等摸得一清二楚，一旦发现房主人锁门离开，便立即破门窗进入室内盗窃，得手后迅速离去……

有一天，所长把我的辖区居民图要了去，放在办公桌上端详了半天，没说什么，只是让我继续深入辖区，多注意从居民那里收集贼的体貌特征和活动规律。有了目标，我的干劲儿上来了。第二天一大早，我换上便装，来到辖区。装着漫不经心，一条条胡同溜达。白天再换上警装，到居民家中详细了解情况。连续几天，没有发现有价值的线索，辖区突然变得难得的安静。难道贼惊觉了吗？细一想，不可能，不能灰心，也许贼正在暗处窥视我呢，继续坚持吧。

转眼到了星期日，一大早便下着大雨，我心想，这样的天气，贼该不会来吧？但转念一想，万一贼也这么想“这样的天气，警察该不会下片”呢？对！我何不来个逆向思维？于是我决定出其不意，碰碰运气。不再有丝毫犹豫，我打一把伞，顶着大雨来到辖区。辖区里到处是水泊和泥泞，我深一脚浅一脚穿了几个胡同，没有发现情况。正失望时，突然，就在一条偏僻的胡同口，我看到深入居民门前的一趟新鲜的泥脚印。我不动声色，悄悄观察，不远处好像有个人影一晃，匆匆没了踪影。我走近一看，那家的门锁着，但门东侧煤仓的挡板被拆开了一半，透过挡板，我看见了内院，居室的房门是锁着的，窗子也关着。我心里犯嘀咕，这家居民我走访过，是长期在外打工的，家里平时没有人。煤仓子里是满满的煤，仔细看煤堆上面并没有脚印。我开始分析，可能是亲属来卸煤，完事后忘记了关上挡板？再转念一想刚才离开的人影，我预感到另外的两种可能，一是贼没有来得及进入；二是贼故意拆下煤仓半块挡板，看看周围有没有什么反应，然后伺机作案……想到此，我立即径直返回，把情况向所长作了汇报。所长若有所思，拿出辖区居民图，用粉笔在黑板上清晰地画出若干条纵横的街道，最后在一条偏僻的小胡同上画个圈，我知道那个圈就是早上贼光顾的那个居民家。所长吩咐立即开会，大伙都到齐了，所长开始布置任务，一边说话，一边用手指在黑板的粉笔道道上，还有那个圈上敲敲点点。随后一声令下，大伙立即换上便装，兵分几路来到我的辖区四周，悄悄散开，形成一张无形的网。我则按所长吩咐，直奔那个居民家。到近处一看，仍是原来的样子，煤堆上没有脚印，门锁着，窗子也没有被撬动的迹象。看来贼没有来，我便在附近居民家废弃的菜园子里埋伏下来。这菜园子里草又多又高，蚊子、小咬直扑脸，瞬间我的手上、脸上就被咬了好几个大包。更难以忍受的是，附近有个露天的厕所，散发着恶臭的气味，间或有人如厕，传出动静来，弄得我直想吐。没办法，硬挺着吧。雨还在下着，我虽然穿着雨衣，但鞋子和裤脚早已湿透了。不知过了多久，我听见有人走来，我的心紧缩起来，透过草叶的缝隙，我看见是所里的两个同事，佯装着若无其事地又走远了。

大约中午时分，仍没有动静。我的眼睛瞪得有些干涩，雨还在下，蚊子、小咬的集团军成球状，糊在我头部，我不敢驱打，只好把手放入袖子里，紧紧捂住脸，只露两只眼，而鞋子早已彻底灌包了。还好，对于厕所的臭味我已经麻木得适应了。又过了一阵，先是饥饿袭来，我不停地往肚里咽口水，等饥饿稍微过劲儿了，困意又袭来，我知道是早起大了，心里开始骂这个该死的贼，等抓住了，我一定好好地收拾他……可随后一想，这都没用，还是来心理胜利法吧，坚信贼很快出现，于是又来了精神，把眼睛再瞪亮起来。

疲倦是可以战胜的，关键是这死一般的沉寂最可怕。转眼已是下午，仍音讯皆无，我耐不住性子，从园子里悄悄出来，向那个居民家移去。到了煤仓口，我向里一瞄，坏了，窗子不知啥时开了，门锁却依然完好。我顾不了许多，立即从煤仓口钻进去，到了窗子前，一看窗玻璃被撬了下来，再向屋里一看，好家伙，一片狼藉。我的心狂跳起来，也来不及多想，立即与所里取得联系。所长指示我不要贸然行动，发现贼先鸣枪示警。于是我把枪上膛在屋子外靠墙守候着。

没过多久，突然从附近胡同里传来几声枪响。我先是一惊，立即警醒过来——发现贼了！紧接着，周围抓贼的喊声此起彼伏，夹杂着奔跑声、车辆的飞驰声，还有泥水哗哗的喷溅声。我立即冲出去，汇入了壮观的抓贼行列。这时，也不知从哪里冒出来的老百姓，手持着家什，纷纷朝南边胡同追赶。等我赶到胡同口时，战斗已经结束了。两个贼被戴上手铐，旁边还有一条麻袋，里面是电视机。将贼和赃物塞进车子，民警们脸上、身上已全是稀泥，没了模样。

到了派出所，经过审问两个贼，我才弄明白，原来我天天在辖区泡，贼早就认出了我。事先拆下煤仓的挡板，其实是在和我玩儿障眼法，他们是从邻居家的后墙上翻进去盗窃的，得手后又从后墙翻出，分头逃走。其中一贼用麻袋背着电视，根本没料到这样的大雨天能在胡同口撞见民警。贼震惊了一刹那，扔下赃物，转身就跑，民警开枪示警，接着就出现了警民齐心协力擒贼的壮观场面。

这次战役的成功在于所长利用了我辖区特定的地理状况，雨天道路泥泞，通行困难，采取了外紧内松式的"外围蹲守、区间穿插"的策略。贼只注意了我这个"雏"，却没想到四周还有一个大大的罗网在悄悄收紧。

随后经过深挖，共抓获五名人犯，破案二十余起，收缴盗窃电视十一台、摩托车三台，加之其他贵重财物共值十余万元，打了一个漂亮仗，受到辖区内居民的高度赞赏，并被市局记功嘉奖。

至今，我还记得那有趣的一幕，看到窃贼被押回派出所时，所长还是一手叉腰，一手夹烟，依然自信、气派。他拿起粉笔，在黑板上他画的那个伏击圈上重重地打了个叉子，然后很潇洒地将粉笔头朝脑后一扔。粉笔头在空中划出一道悠长的、漂亮的弧线……

（原载"中国公安文学精选网"2016年8月19日）

郭警官的大年夜

杜从俊

夜色渐渐铺满了大地，似乎很满意夜色的早早降临，空中绚丽的烟花迫不及待地竞相在夜空中绽放，红的、黄的、粉的……虽然它们的生命无比短暂，但都比着劲儿努力地证明着自己的存在。

透过窗花和氤氲的蒸汽，郭警官的妻子带着一双儿女在派出所厨房里为大年夜值班的民警们的年夜饭忙碌着。这已经是她第三次带着一双儿女在派出所里过年夜了，她也说不清为了什么，但总觉得一家人过年时能够守在一起就是幸福，而这幸福就像入口的琼浆，只可意会不可言传……她也从来没有埋怨过，为什么丈夫连续几年都是年三十值班。

热气腾腾的饺子出锅了，队员们争先恐后地搭把手，一下午的劳动体现在满满一桌的年夜饭上。看着丈夫和他的战友们各种各样的吃相，她欣慰地笑了。大家以水代酒，在所长的带领下相互表达着新年的祝福和心愿，这年夜饭虽简单，却凝结着战友之间淳厚的情谊。过年了，这帮率直的汉子虽然不能守在父母身边，但他们觉得，辖区群众都能平安快乐地守岁，就是他们年夜的最大心愿。

在派出所，警情当然不分你是过年还是不过年，反而越是过节警情越是尤其的多，似乎要为这和谐的一幕加上点“片花”，一起因酒而起的警情电话接到了郭警官的手机上。警情就是命令，郭警官扔下饭碗带上队员紧急赶往事发地点。清冷的大街比起白日的繁忙又似多了份含蓄，但路灯下两个人比着劲儿的争吵声却破坏了这份含蓄。原来，同在饭店吃年夜饭的两家，因争抢上菜的节奏产生了争执，一方不让一方，就吵到了大街上。郭警官赶紧将双方各拉到一边，苦口婆心地劝说。本是看着警车赶到就不想把事闹大的双方，在郭警官的劝说下各自找个台阶，握手言和。

“派出所吗？我家的煤气罐着了”。“派出所吗？抓紧来，我孩子的手放烟花时给炸着了”。“派出所吗？快过来看看，我停在门前的自行车不见了。”……

时钟滴滴答答，指针分明很慢却又像在跑。

一个个警情处理下来已是凌晨，为了不耽误丈夫的工作，郭警官的妻子执意带着一双儿女步行回小区。目送妻子和孩子的身影在路灯下一会儿伸长，一会儿缩短，渐渐隐没在夜色中，郭警官回到值班室认真地整理起案卷，不整理好当天的案卷就睡不好觉，这，也是他多年养成的习惯。

夜已深，偶尔还能听到零星的烟花在夜空中孤独地嘶叫，派出所值班室的灯，依然还在亮着。

（原载《沂蒙公安报》2016 年 2 月 5 日）

韶华难逝

宋庆华

初入职场就干警察，三十余年工龄，算得上是个老警了吧。

可是，哪怕是经过长期职业训养出来的记忆力也抵御不住自然规律的任性，上了点儿年纪就爱犯健忘的毛病。令人惊诧的是遗忘的往往是近前的事，几乎是过眼就忘，而几十年前的人和事却活蹦乱跳历历在目。反过来讲，这不能算健忘吧，甚至还可以说成是记忆力超强。所以，老年人怀旧与其说是故意玩儿深沉卖弄资历，不如说是人生规律使然。

警察这行当跟大型工厂差不多，成系统分车间，车、钳、铣、铆、焊工种合成运行。警察也分刑警、治安、交警诸警种，组合成有机衔接的社会治安管理系统。从 20 世纪 80 年代初干刑警开始，我干过七八个警种，也当过公安局长，不知不觉中光阴似箭滑过三十五年光景，其中铭刻于心的当属在基层刑警队的那些个人和事以及我们浑身洋溢着青春气息的影。

不知是幸还是不幸，我们读书的时代正好撞上文化被革了命的年月，没课上没书读，好不容易借到一本《福尔摩斯探案集》便如饥似渴读了个烂熟，连熟睡的梦中都俨然一大案小案“通吃”的大侦探。天不错人，一考入警就干上专破刑案的刑警，打了鸡血一样的亢奋“灌注”到干事的劲头里，比之后来的谈恋爱继而进入蜜月期还得劲儿。踏勘现场，探幽入微；走访排查，锱铢必较；分析案情，绩波就里；追踪擒凶，大显英武。一个又一个地接手案子，一件接一件地破掉案子，披星戴月不舍昼夜，渴了抱住水龙头喝一口自来水，饿了一粥一菜一馒头糊弄住咕咕直叫的饥肠，困了在警队办公室的木椅或者办公桌上倒头就睡，以至于某一天曾天真地问师父：照这样干，案子破完了，咱刑警不就失业了吗？惹得一帮老少刑警哄堂大笑。师父是砸烂公检法之后刚恢复工作的老干探，他曲指弹了我的脑门儿，说，你个嫩头儿，犯罪一时半会儿会被你灭掉？多少疑难案件都会被你“通吃”？你以为你是谁呀，福尔摩斯？大家又一阵哄笑。我傻愣着两眼像一截烧焦了的木桩立在那里，不难想象的狼狈不堪。

运筹帷幄，神机妙算，柯南道尔笔下对侦探的描写无一不是绅士一般的风流倜傥，事实上，真要破案，哪怕就是一个微不足道的小案，不说是历经百折千回千难万险，至少也得有一个绞尽脑汁克服艰难斗智斗勇的过程。对破案颇有心得的刑警说，这活儿，毕竟还有点儿技术含量。

1983 年，新中国历史上第一次“严打”风暴席卷，我等刚穿上警服的新警在师父率领下仓促入战，熬更守夜连轴转，案件破了不少，又臭又硬的“烂骨头”也啃了不少。一次，捕获一惯盗，虽然已掌握他多次犯案的线索，但这个獐头鼠目的家伙却坚不吐实，水照喝，饭照吃，牙缝里就漏一句话：你们抓了我，我认倒霉，该判该杀政府定。师父率两徒弟与贼较起劲儿“熬鹰”，连熬三天三夜，烟抽了几十包，讲政策，讲法律，讲大道理小道理，什么都讲，就是不与贼讲案子。刑警知道，与这种“三进宫”的“老油子”讲了也没用。到了第四天凌晨，贼熬不住了，要烟抽，刑警窃喜：来“菜”了。恰巧此时谁兜里都没了烟。师傅叫徒弟捡起地上和烟缸里的烟屁股，一一撕开皮儿抖搂烟丝，再用半页笔录纸裹成大喇叭给了贼。贼美滋滋地吸上口，师父就开始“点菜”了，先提示了连贼自己都觉得最隐秘最得意的那一桩大案，惊得贼连呛几口烟，哀叹：早知道你们都清楚，我还扛什么扛。这下，贼竹筒倒豆子一般爽快，一口气吐了二十五桩大小案件，如释重负，痛快透顶。可师父说，不忙，还有痛快的——大阳沟菜市场楼上一家万元户，你撬锁偷了一台卡式录音机，索尼的，还有两千块钱。贼略一迟疑，突然用拳连捶自己头颅，迭声后悔：对不起，没吐干净。案破了一串，老少警察又兴奋了一天。

刑警的活儿困苦不堪，脑子一搜索，随便一例：警队破一窝案，但主犯在逃，多日缉捕仍不见踪影。不愿功亏一篑的刑警该使的招都使了，终于获悉贼的一相好住江北塔坪一居民房。于是，师父率两徒弟寻到了一个最佳观察点——藏进塔坪公社养牛场的饲料垛里蹲坑守候。这一蹲下去就是三天四夜，那时日正好是号称“火炉”的重庆最热的三伏天，师徒仨裹着汗水熏着牛臊闻着屎味儿，寸步不离。第四天半夜终于见对面窗户亮了灯，晃动两个人影。师父说，贼进窝了。三人潜行至房前，一人一脚踹开木板门，两人用枪抵住贼的脑袋，一人扑上去反剪贼的双手，“咔嚓”上铐。三人押着贼回到警队，众人啧啧称赞，师父一本正经地对队长说，领导，你得赔我一件汗衫，你闻闻，这臭味儿洗得干净吗？队长睖起双眼，满脸堆笑，上去就是一拳，骂，你他妈的土包子，给老子丢人，现在人人都穿T恤了，你还在穿破汗衫，老子给你记功，奖金不准上交老婆，买件T恤穿穿。众人惊呼。那一双双惊愕艳羡的眼神至今想起来都是得意的回味。

干啥事都有苦有乐，刑警生涯有苦更有乐，全案破获时，案犯落网时，作为主办侦查员心中那份甜蜜那个爽劲儿真找不到最恰当的语言来形容，还有，当受害人涕泗横流衷心向你表示感谢、感激的时候，你不觉得当好一个人民警察的自豪和兴奋真是抑制不住吗？

刑警的苦与乐有许许多多。

人说，韶华易逝。我说人民警察的韶华难逝。这韶华是美好的、青春的时光，我真不相信美好的东西就那么容易从手中滑落，尤其是一个守护平安护卫美好的人民警察的青春就那么容易逝去。至少百姓夜里的宁静，阳光下井然有序的生活有他们的一份辛劳，有良知的人们不会忘记。

韶华难逝。平安中国的建设就有一代接一代警察韶华的积累和沉淀。

（原载“中国公安文学精选网”2016 年 9 月 12 日）

黑镜头

谢沁立

小温学的是摄影专业，大学一毕业就当了摄影师。小温很帅，一米八几的个头，浓眉大眼，颇有“星”相。但他每次赶到摄影地的时候，都没有人注意他，人们的目光都会聚焦在被拍摄者身上。

因为，被拍摄者都是死者。

小温是警察，刑事侦查摄影警察。在每一起命案现场，首先赶到的刑技警官是被称为“标配铁三角”的法医、痕迹与摄录像专家。小温的工作就是拍摄刑事案件的命案现场，并将无法带走的关键证据用影像精确记录。他镜头下的主人公都是被害人，他相机的储存卡里多是静物，那些留有各种痕迹的静物。

工作七年，出了一千多个现场，拍摄了三万多张照片，每一张照片里面都有着难忘的记忆。

他曾在盛夏的一个下午，一间狭小的浴房里，拍摄满是喷溅鲜血的水龙头下面隐藏着的半枚大拇指指纹。那是犯罪嫌疑人冲刷被害人血迹时留下的。为了拍照清楚，小温弯下腰，架好三脚架，努力扬起脖子歪着头调整照相机的焦距。头顶是四只用来替代光源的炙热的浴霸灯泡，整整烤了他一个小时。最后，刑警根据他拍摄的半枚指纹和其他证据，很快找到了凶手。

他也曾经在殡仪馆的解剖室里，拍摄刑事案件中的死者被法医解剖后脏器的形状、颜色。为了方位准确，拍摄更接近真实情境，他脚踩解剖台两侧窄窄的床沿拍照，死者解剖开的躯体就在他的两腿之间，尸液沾湿了他的裤脚。

为了不遗漏所有的痕迹，又不破坏现场，按照工作程序，摄影师常常在勘验现场的刑警出来之后，第二个进入现场进行拍照。小温曾经在一个深夜，一个人进入一个位于二十六层楼的房间拍摄死者。那套住房三室两厅，面积比较大。小温从一进门开始拍起，一个房间一个房间地拍照，几乎每个房间的地上都有或点点滴滴或流淌过的凝固的血迹。但走遍了所有房间，他竟然没有找到死者。而最先进入的属地民警明明告诉他有一个死者在里面。小温的心提了起来，咚咚跳着，警察也会怕啊。他开始重新走过每一个房间。就在第二间卧室，他走过双人床，走向靠近窗户的书柜时，稍一偏头，一个人半坐着倚靠在床铺和书柜之间的空隙里，浑身是血，这是一个五十多岁的男人，早已死亡。找到死者，小温稳住自己狂跳的心脏，举起相机，各方位拍摄了一帧又一帧照片。破案后的真相让小温有些心疼，男人独自在家癫痫发作，头部重重磕到了桌角，一根较粗的动脉破裂，男人疼痛难忍，又无法自救，满屋乱窜，最终失血过多死亡。

小温说，相机是用来记录美好景物的，而我却用它来拍摄死亡现场，拍摄丑陋、血迹、高度腐败的证物。但这些现场照片虽然恐怖、恶心，却能昭示真相。就让真相通过我的相机暴露在阳光下，作为惩罚罪恶的依据吧。

小温喜欢警察这个职业，喜欢摄影。每当案子破了，作为技术民警，他和一线办案民警一样自豪。他远在家乡的父母也认为小温从事的是刑警职业中最没有危险性的专业，对小温也很放心。

但父母没想到，小温自己也没想到，他在工作第五年的那个夏天，面对面地站在了死神眼前。

那天是星期六，小温值班。晚上 10 点多钟，有报警说郊区一家私企厂房内发生凶杀案，一人当场死亡。凶手是父子俩，与被害人相识，已经逃逸。报警人是厂里的几位保安，目击了现场。

小温和负责法医、痕检的同事勘验现场。相对于很多复杂现场，这个单一现场相对简单。法医初步判断死者为钝器敲击头部致死，身上有硫酸烧灼的痕迹。小温按部就班拍照。尸体被送去殡仪馆。现场勘验很快完毕。刑警分析犯罪嫌疑人是戴着手套作案的。但现场并未找到手套，现场指挥员通知警犬队前来搜寻。

现场勘验民警完成工作后，携带工具箱陆续走出厂房，分别上了停在厂房门口两边的警车等待犬队。厂区里漆黑一片，除了一排厂房，其余都是杂草丛生的空地。两辆警车的警灯无声地闪烁，警车之间相距约十米远，中间是通往大门的一条小马路。

小温乘坐的是门口右边的警车。他没有上车，而是拿着相机的储存卡到左边的警车上给分局民警拷贝照片资料，以便他们回队里分析案情。车外，有几名保安匆忙往厂区更深处跑去。车里的技术民警并不知道距离厂房二百米远的大门口发生了什么。照片拷贝完，小温从前车门下来，准备回自己警队的车。因为警车停放得靠近草地，不好走，小温便绕着车头转到车尾。就在他走出车尾的一瞬间，猛然看见一个人影手持一个长条状工具，站在车尾的另一边，距离他三米远。小温本以为是保安，但一瞬间他听见一声金属相撞的声音，那长条状物不是什么工具，而是冲锋枪！他听出那是子弹上膛的声音，隐约看到人影右手在前，左手正在扣动扳机。几乎是本能的反应，小温向人影飞身扑过去，与此同时，枪响了，一道耀眼的白光从小温腋下飞过去。小温没有中弹，而是和歹徒一起摔在草地上。虽然是技术警察，但刑警学院毕业的小温毕竟训练有素，刹那之间他分辨出持枪者是左撇子。扑倒歹徒的那一刻，他死死按住对方的左手，并用身体紧紧压住挣扎着的歹徒，不让他有再次拉动枪栓的机会。

车尾部瞬间发生的事，另一辆警车上的民警看到了，几名民警跑过来帮助小温。黑暗中，他们以为小温中弹了。凶狠的歹徒在冲锋枪被民警控制住之后，从后背又掏出一支步枪，将一名民警腿部打伤。而在他连续扣动扳机对准小温时，子弹卡壳了……

民警们约束歹徒时，疲惫得喘着粗气的小温在草地上摸索着，他要找他的储存卡。他要赶紧找到储存卡塞进相机，拍下这个场面。黑暗中，小温如愿找到储存卡，拍到了现场照片。

许多情况是后来得知的。歹徒六十多岁，和儿子一起杀害了生意合伙人之后，回到家想想觉得儿子如果被警察抓住枪毙了可惜，便想将所有目击证人都杀死。他找出年轻时存下的两支步枪和一些子弹，背上一个挎包便返回第一现场。一路上，他杀害了出租车司机、保安等六名无辜群众。如果不是遇到机智勇敢、反应敏捷的小温，他挎包里的两枚手榴弹不论扔到哪里，后果都不堪设想。

那一夜，小温并不认为自己做了什么惊天动地的事情，掸掸身上的土，他听从领导安排，去了另一个现场拍照，直到凌晨4点回到队里。当疲惫的小温背着相机走进办公室时，有些愣怔。他不知道当天夜里，除去值班民警，队里所有的技术民警都被从家中叫回来出现场处理案件，大家都知道了小温差点儿“挂了”。迎接小温的，是警徽映衬下的同事们崇高的敬礼和紧紧的拥抱。

后来，小温回到第一现场，留影一张。照片上，他站在厂房前，高举着胜利的手势，身边，是子弹打在墙上的一个直径十五厘米的弹痕。那弹痕险些留在他的胸膛，小温险些成为他的同行镜头下的被拍照者。

小温荣获了公安部二级英模称号，到全国很多地方巡回演讲。站在讲台上的小温，讲得最多的不是自己，而是各警种之间的相互配合和同伴擒住犯罪嫌疑人时的英勇。他没有讲事情发生过后他的恐惧；没有讲他平安之后，才紧张后怕，不知道用哆嗦的手把电话打给谁；没有讲远在千里之外的父亲第二天知道这个信息时，正在吃饭的碗落在地上；没有讲当时的女朋友因他距离危险太近离他而去……

小温更喜欢回到自己的岗位，回到深夜的实验室，一个人，从透明塑料袋上找寻指纹，拍摄下来；更喜欢与同事们一起出警，找寻作案现场的蛛丝马迹；更喜欢和几位年轻的警察闲暇时聚在一起，聊天，开玩笑；他会这样回应师妹说昨天看的电影实在恶心：还有什么比咱们每天遇到的情景更恶心的吗？

小温还会偶尔客串摄影记者，为队里的一些活动拍照。对焦时，他有时会闻到手里这个三千万像素的照相机散发出的阵阵臭味，他知道，那是他前一天刚刚在一个尸体高度腐败现场拍照的缘故。

小温也会给同事朋友拍些工作照和生活照。有时候，同事们看着照片会揶揄他，你还是摄影师呢，看给我拍的照片好像不那么清楚啊，而且太死板啦！小温则慢条斯理地说，好吧，你躺下，别动，我保证给你的照片拍得纤毫毕现、清清楚楚。

（原载《散文》2016年第9期）

警鸽，蓝天上的“情报员”

李　动

旧警察局留下的警鸽一只也不能宰杀

火红的夕阳坠落在鳞次栉比的高楼大厦间，溅起了一片血红。流云滴血，满世界一片辉煌。绚丽壮观的上海大剧院、上海博物馆、人民政府大厦等建筑，巍然耸立在广场四周。一群白鸽“倏”地从灿烂的天际滑过，撒下一串清脆优美的哨声……

年逾古稀、满头华发的袁建东站在博物馆前的平台上，望着自由飞翔的鸽群，心潮澎湃，激动不已，前尘影事如屏幕般在他眼前幻化迭现。

那是1949年5月27日，大上海在激烈的枪声中解放了。翌日，中共华东社会部副部长李士英、扬帆等十多名解放军代表，身着土黄布军衣，腿上打着绷带，腰上别着手枪，跳下美国军用吉普车，顺利地接管了国民党上海市警察局。

杀人如麻的旧警察头子毛森，三天前杀害了九名中共地下党员，烧毁了各种资料，惊魂落魄地逃往孤岛台湾，留下了几幢人去楼空的高楼和满地狼藉的办公室，还有十层顶楼上的数百羽警鸽。

这些漂亮的警鸽品种很多：有日本侵华时留下的小巧玲珑的日本鸽，有旧警察用黄金换来的、强健的德国鸽，亦有国民党军统向美国人要来的“大块头”军鸽……这些鸽子曾为军统和旧警察破获地下党组织和旧警察通信联络立过“战功”。

这些警鸽的来历是为了弥补通信设备之不足。自1870年始，上海英、法租界巡捕房之间使用了先进的电话机联络，但范围很小。1885年春天，租界巡捕房首先使用了上海第一家电话公司丹麦大北电报公司。1906年冬天，清政府开办了南市电话局，华界警察机构也开始使用了电话。1945年，抗战胜利后，上海市警察局与各分局的电话逐步联网。1946年，已有十七个警察分局和市警察局内线电话总机联通，占分局总数的一半以上。至1947年，上海市警察局又购置了新型报话两用机，配合水上、郊区分局和警车使用。但是从全市范围来看，因环境、经费所限，电信设施数量尚不到需求总量的百分之一。通信联络不得不依靠警鸽来弥补不足。

当时，警察局训练警鸽约三百羽，作为辅助通信，星罗棋布于东西宽三十二公里，南北长四十四公里的整个市境内，通信空程达二百七十公里，占通信的半壁江山。使用警鸽通信具有不受电源、环境等条件影响，且又节省警力、经费和设备，以及效率高、保密性好（保密情报，可采用密码）等优点。

接管国民党警察局后，有人主张对这些“恶贯满盈”的警鸽全部斩尽杀绝，然而，共和国上海首任公安局长李士英却清楚，鸽子只是一种为人服务的通信工具，既然能为军统和旧警察效劳，为何不能为新中国的人民警察服务呢？何况这些鸽子都是品种精良，又经过特殊训练的鸽之精英。

李局长果断下令，警鸽一只也不能杀，全部保留下来，而且养鸽子的旧警察也要留下来，用他们的一技之长，为巩固新生的政权献技出力。于是袁建东与几位饲养鸽子的旧警察幸运地留在了上海市公安局行政处警鸽股警鸽总站，成为新中国上海市人民政府公安局首任“鸽警”。总站共有八位饲养鸽子的警察。

毛森逃逸前夕，曾安排潜伏了许多特务，他们伺机破坏共和国诞生之初的上海安全，并准备在国民党大军反攻大陆时里应外合。为了巩固新生政权，保卫大上海的安宁，当时人民警察的任务极其繁重，他们吃住在警营，日夜连轴转。

20世纪50年代初，新成立的上海市人民政府公安局的通信工具较为原始，除市区黄浦、新城、南市等公安局设摇把子电话（手摇电话）外，许多偏远的分局和派出所，如高桥、吴淞、杨思、洋泾等，还有郊县分局都没有电话。

那时，上海的治安形势颇为严峻，每天各分、县局都要向市局汇报治安情况和突发事件，市局每天要下发协缉、协查、会议通知等，都离不开通信联络。在一时电话无法联系的情况下，诸多通信工具中，警鸽当属最为理想的通信工具。

湛蓝的天空里，一群警鸽划着漂亮的弧线，展翅飞翔，潇洒美丽。

警鸽为新上海的平安立下了汗马功劳

为便于通信，上海市人民政府公安局设立了警鸽总站，地点在上海市福州路185号10楼顶层。顶层上有大小鸽棚七只，留置鸽棚一只。偏远的分局和各郊县公安局，以及偏远的派出所都设有警鸽分站，通过鸽子互放，来达到市局与各分、县局互通信息的目的。旧警局留下的鸽子非但一羽未弑杀，而且从上百羽警鸽发展到了上千羽，最多达两千羽左右。

警鸽按工作性质分为单程通信鸽、往返通信鸽、夜间通信鸽三种。

单程通信鸽最为普通。每天清晨，分局的通信员将鸽子放在竹子和线绳做的八角折叠笼内，骑着摩托车将其带到市局警鸽总站，放入留置棚内，又将市局的警鸽带回各自分局或派出所警鸽分站，平时每两小时对放一次，如有特殊情况可随时放飞。

往返通信鸽，主要是用于路程较远、隔山隔水、通信员返回不便之地。它们能自来自去。比如，吴淞、杨思、高桥、洋泾等分局和偏远的县局，以及金桥、榆林等派出所。

1962年，为防止蒋介石企图反攻大陆，在崇明岛也设立了警鸽分站，这么远的岛上，鸽子腾腾地展翅翱翔，一小时就可往返。往返通信鸽的训练方法比较有趣，先是将鸽子放在市局福州路大楼顶层的总站留宿和喂食，但不给其喝水，然后把它们带到各自的分站喝水，训练三次以上，警鸽们就能迅速往返了。所以每次放飞后，这些鸽子渴得直往各自的分站飞速觅水，喝足水，放罢信，鸽子又饿得直飞总站觅食，如此便达到了速去速回的目的。

再一种是比较特殊的夜间通信鸽，这些鸽子主要是在夜间的环境下放飞。其目的是为了夜间突发事件联络之需。夜间通信鸽是经过特殊训练而成，其主要训练方法是：白天将其关在遮黑的鸽棚内，不让其见阳光，晚上八九点钟放飞一次。在福州路185号大楼顶层设立了四只灯，鸽子先围着灯光飞翔，再逐步拉长飞行距离。因为鸽子有特殊的地磁感，很快就适应了夜间环境。如警察巡逻时，带上警鸽，有情况时就放飞鸽子，它们能迅速返巢报警。

有次，莘庄地区发生了一起命案。那时的命案比较罕见，法医、技术人员闻警迅即赶到现场。而技术员勘查时，才发现忘了带取指纹的工具，于是立即放飞了带去的警鸽。地处外滩的市局警鸽总站很快收到信息，并马上派人将工具送去。之后技术员及时取下指纹，经过缜密侦查和比对指纹，很快侦破了命案。

常用的警鸽其鸽种有雨点、灰壳、酱色鸽三种。其中以雨点品种最为精良。

鸽子的好歹主要是看其眼睛、翅膀和站立的角度。眼睛分为黄沙眼、桃花眼、红眼，黄沙眼为最好；同时看其内在的眼珠，要明亮，收缩频率越快越好，这说明鸽子反应迅速。鸽子的翅膀要看其大毛，一般十一根以上较好。鸽子站立的角度越直越好，要挺胸收肚，这样飞行时身体的阻力小，飞行速度则越快。

那时，上海市公安局警鸽总站约有警鸽六百羽左右，与各分、县局的警鸽加起来约两千羽，每羽警鸽都配有脚环和色环。脚环的材质为铝制，色环的材质有铝制和珊珞两种；铝制为带形，珊珞制为带形和螺旋形两种。警鸽的脚环上列有警鸽号码、出生年月，脚环的不同颜色用来区别警鸽各自的用途。

警鸽飞行时携带的工具有布袋、长筒、脚筒三种。布袋放在鸽子的腹下，用一根细绳挂在其脖子上，用于放较大的纸质材料；长筒放在鸽子的脊背上，用松紧带扣住其两侧翅膀；短筒则套在鸽子的脚上，放简单的便条用。一般的通信纸为 11cm × 14cm 大小，上面标有“警鸽通信纸”的字样。

然而，令人头痛的是老鹰成了警鸽的天敌。那时，生态环境很好，苍茫的天穹上，时常出现凶猛的老鹰。黑色的巨鹰虽然没有鸽子飞得高、下滑得快，但其躲在低处，趁群鸽下滑时，瞅准时机猛地飞扑过去，叼走一羽鸽子就飞到楼顶上贪婪地吞食。警鸽总站对面的冶金局楼顶上，常常能看到老鹰吃剩的鸽子骨头和羽毛，鸽警见之心痛不已。为了给警鸽创造一个良好的飞行环境，鸽警见到蓝天上飞翔的老鹰，就立刻用枪瞄准射击，曾打下过不少贪婪地捕捉鸽子的老鹰。

随着通信工具的发展，偏远的分、县局有了电话后，便逐步取代了警鸽，但一时尚不能彻底取消警鸽。因为那时还常常停电，电信系统有时会受到破坏。有突发事件时，公安民警赶到现场，没有电话，还是离不开警鸽，警鸽已然成为不可或缺的辅助通信工具。

警鸽又成为和平的象征

警鸽不但被作为通信工具，还是国庆节、劳动节等节日放飞的重要庆贺道具。因绘画大师毕加索有幅鸽子衔着橄榄枝的名画，象征着和平，且得到了世界的公认，鸽子便成了和平的象征。

那时，每年“十一”国庆节和“五一”劳动节，警鸽都集中到人民广场，待少先队员的游行队伍经过主席台时，成千上万只鸽子便被倏地一起放飞，满目的鸽子展翅飞翔，其情景实在是壮观美丽，激动人心。

有几羽警鸽，老鸽警袁建东特别宠爱，它们不仅是通信工具，也成了老袁知心的朋友。那时，运动一个接一个，袁建东是国民党时期留下的旧警察，尽管他老老实实做人，认认真真养鸽，但每次运动一来，他都要被“洗澡”一下。有时，老袁遇到挫折或不顺心时，就独自来到大楼的顶层，双手围着嘴巴，熟练地打一个呼哨，知心的鸽子闻听后，便会在辽阔的蓝天上心领神会地一个潇洒翻滚，迅速展翅下滑至袁建东的肩头和掌上，善解人意地“咕咕”叫个不停。望着可爱的鸽子，老袁会自言自语地与警鸽倾诉心中的苦闷，就像契诃夫笔下的马夫对着老马倾诉一般，倾诉毕，心中便顺畅许多。在运动频繁、家境贫困的年代里，颇通人性的警鸽，成为袁建东的知心朋友和精神寄托。

可惜在“文化大革命”中，象征着和平的鸽子却莫明其妙地成了没有阶级立场、调和敌我矛盾的玩意儿，警鸽们也未能幸免，造反派把警鸽的命也革掉了。市公安局一纸命令，鸽警们培养了二十多年的精良警鸽全部命归黄泉。

那天中午，袁建东去食堂打饭时，看到被宰杀的警鸽成了桌上的佳肴。许多人排队购买鸽肉，品着鸽肉啧啧称香，唯有老袁心里那个痛啊，难以言喻。他望着桌上吃剩的警鸽骨头，禁不住潸然泪下。那几天里，他虽然吃肉，但坚决不吃鸽肉，以示默默抗议。他望着香喷喷的鸽肉，心想这些造反派也太歹毒了。它们何罪之有？

人性有时比天上的老鹰还凶猛。

如今，警鸽虽然销声匿迹了，但它们在新中国成立之初，为人民警察及时传递信息，为巩固新生政权和保卫大上海的安宁，可谓是立下了汗马功劳。如今上海公安虽然用上了先进的通信工具，有了传真机、电脑和手机，但警鸽在特殊历史时期立下的功勋是不能忘记的。它们在上海市公安局的发展史上功不可没，公安的功劳簿上，应为这些颇通人性的警鸽，浓墨重彩地记上一笔！

（原载《人民公安》2016年第12期）

派出所里的“喵大侠”

艾 青

他，喜欢独卧屋顶；他，裹着黄白外衣飞檐走壁；他，惬意之极尽显慵态。他是派出所里的一只野猫，派出所的屋顶就是他的家。

发现他的存在实属偶然。某个晚霞挥洒的傍晚，我在夕阳的余晖中发现了这只横躺于屋顶的野猫。严肃的派出所里突然多了这么个不速之客，我多少有些意外。我望着他憨态可掬的模样，尚未泯失的童心又被他勾引而出。我唤他，“喂喂喂”，他无动于衷；我学猫叫“喵喵喵”，他竟用鄙视的目光瞟我；我干脆拿起纸团扔他，嘿嘿，他被惊得站起来了，可过会儿却又懒洋洋地趴下了。这只懒猫成功吸引了我。

原本以为没多久他就会离开，怎料到他会在

此落脚。

闲暇之余我总会把头探出窗外寻找他的身影，大多时候他都会懒洋洋地躺在屋顶享受阳光。日久天长，我和这家伙也算老相识了，经常会扔一些吃的给他，但这家伙每次都对我的好意嗤之以鼻，平常观察他的时候也不见他吃东西。他的食物来源对我而言一直是个谜，但我还是找到了谜底。

那夜凌晨3点左右，我忙完手中的工作昏昏沉沉地向宿舍楼走。恍惚间，一道黄色闪电窜进我的视野，我瞬间从迷糊状态惊醒。什么东西？我定睛一看，这不是我的老朋友吗？这家伙鬼鬼祟祟地从食堂跑出来干吗？咦？嘴里还叼着东西。好家伙，怪不得不吃我的食物，原来每晚都当贼！我气不打一处来，随手抄起墙角的扫把准备收拾他。

嗯？不对！这家伙嘴里叼的东西有尾巴，老鼠？一只老鼠！他竟然在帮所里抓老鼠！万万没想到这年头还有吃老鼠的猫！与此同时，他也发现我了，怔怔望了我一眼，撒腿一溜烟跑了。

自此之后，我对这家伙的看法有了改观，尽管这家伙仍然对我爱理不理，也对我的好意熟视无睹，但我仍不知疲倦地“献殷勤”，因为我逐渐发现他很多的不同之处。午后小憩后，他会昂首挺胸地迈步在各屋顶之上，东瞅瞅，西瞧瞧，好似在巡视自己的辖区；有时会有其他的猫儿来“串门”，他会让出自己常卧的那块阳光最好的地段，自己则静卧在一旁；当我在深夜中巡逻时，偶尔也能看见他飞檐走壁维护正义的掠影。所以，我给这家伙起了个名字——“喵大侠”。说实在话，我从未想过连派出所里的一只猫都如此充满正义感。

夜已深，窗外的细雨逐渐连成线。“喵大侠”孤独地坐在屋顶上眺望他的领地，留给我一个渺小又巨大的背影。望望天色，又到了他惩恶扬善、匡扶正义的时刻了。

我也整装待发，因为，我们的时刻也到了。

（原载《常州日报》2016 年 4 月 18 日）

24 小时陪在身边的“亲人”

薛兆慧

“前方大路一起走，哪怕是河也一起过，苦点累点，又能算什么。在你需要我的时候，我来陪你一起度过，我的好兄弟，心里有苦你对我说……”五楼男民警宿舍顶头的房间里又传出一群汉子扯着嗓子嘶吼的歌声，中间夹杂着嬉笑打闹声。这个不加班的夜晚，挺自在。

501 门上挂着一块金属牌子，赫然写着“新警宿舍”四个字。一起分配到所的五个新瓜蛋子便拎包住进派出所最“豪华”的房间。刚刚毕业的他们，习惯了警校上下铺的兄弟情谊，这样的生活方式多少抚慰了刚毕业离别时的伤感。

回到这个不加班的下午，收到取消备勤通知后，长子第一时间奔向宿舍，扑向了小床准备补觉。第二个回到宿舍的是肥鱼，开始换便服梳头发准备出门约会。然后是喜儿，人如其名，欢欢喜喜进了宿舍，趁肥鱼不注意拍了他右肩却站在左后方，惹得宿舍一阵欢腾。之后，501 宿舍很久没人进来。当然，小明同学在值班，可是大雨去哪儿了呢？宿舍的三个人开始讨论起来，没在食堂看到大雨啊，他和谁说过晚上要去哪儿了吗？讨论了十分钟的结果是——没有结果。喜儿是大雨的大学同班同学，平时也在一个警组，顺手就嘟了个电话过去，大雨说马上回宿舍。喜儿听到这个答案很兴奋，将电脑摆上了桌，准备和大雨一起刷副本。

大雨回宿舍时却是轻手轻脚进门、关门，耷拉着脑袋。喜儿一记爆头，喊："大雨，快来快来，都准备到位了。"大雨慢慢走到电脑前说："就打一局，打完想睡觉。"喜儿看出了大雨的不对劲儿，用手肘推了推大雨，问："咋啦？"大雨一声叹息："我女朋友和我闹分手，这回是真的。我失恋了。"说完，大雨使出浑身力气"啊"地一声大喊。喊完，宿舍都安静了。长子从床上穿拖鞋下来了，肥鱼也停止了梳头。大家心里都清楚，大雨分手不是不爱，而是太忙没时间陪伴。选择了警察这个职业，就需要和儿女情长说"bye bye"，和家人爱人也聚少离多，接到任务说走就走，多少次约会因为加班而放了对方的鸽子。每天、每月、每年相处时间最长的是同宿舍的兄弟，其次是单位同事，女朋友肯定在前三之外。因为第三是犯罪嫌疑人。大家都了解大雨的情况，而肥鱼正在谈着恋爱，也感同身受。

四个大男人谁都没有说话，他们深知未来老婆一定是个了不起的女人，将来需要付出很多，吞下很多心酸。这时，有"宿舍好声音"美誉的肥鱼打开了手机音乐播放器，开始哼唱《我的好兄弟》，"人生难得起起落落，还是要坚强地生活……""我的好兄弟，心里有苦你对我说……"长子和喜儿也加入进来，拍了拍大雨的肩膀。

"叮"，大雨的手机响了，是小明同学发来的短信：大雨，刚刚在值班室看你情绪不对，有什么事和兄弟说，兄弟一定帮忙。大雨终于控制不住自己的情绪，开始流眼泪，为自己消逝的爱情委屈，更为自己有这帮二十四小时在一起的“亲人”感动。长子递过纸巾，用自己高大的身躯抱住了他。

大雨也开始跟着哼唱，唱到最后撕心裂肺，同宿舍的兄弟陪着一起声嘶力竭，他们知道，大雨明早又是一条好汉。

（原载《派出所工作》2016 年 10 月刊）

那年除夕　那顿年夜饭

赵伟平

走过知天命之年，半世纪的岁月轮换，所历除夕都已随着时光流逝渐渐淡出记忆。然而 1998 年的那个除夕，那顿年夜饭，却不仅没有淡忘，反而越来越清晰，成为了我情感世界里乃至整个生命中永远的珍藏。

那时，因为在县公安机关指挥中心工作的原因，几乎每年的除夕我都在机关值班，待命出警。那年除夕下午，我和马波、杨发秋等几个人坚守在值班室里，履行着警察的神圣使命。望窗外，巍巍太行山银装素裹，漫天大雪如玉龙般在天地间飞舞，耳际几声零星的鞭炮昭示着这个人间传统节日的祥和。我们盯着电话机，生怕在这时有报警电话声响起。因为那不仅意味着我们要在冰天雪地里出警，而且表示一定有人在这个喜庆的节日里遇险遇难了。一直到下午5时，110报警服务电话无声地在那里坚守着宁静，我们心中都有一种兴奋的释然和轻松。

将近下午6时，夜幕在万家灯火的辉映下渐渐拉开。我们在心中默默祝福：1998年的除夕，愿你宁静祥和。忽然，值班室的门被人一下撞开，接着挟风裹雪地扑进一个人来。我们立时从座位上站了起来，那人浑身是雪，边扑打边喊："快去救救我爹，我爹被人扣住了。"

来人姓张，自称是县东南部的西沟乡人。五年前，其父张老汉因做生意欠下他人外债四万元。腊月二十四日，对方约张老汉到东寺头乡焦底村见面。直到年三十，张老汉还未返家。张某便前往焦底村问询。对方说不给钱就在这里住吧。张某和对方吵得不欢而散。眼看年三十夜了，一家人不能团圆，张某只好来公安机关报警求助。

听罢张某的陈述，我当即向政委董书理作了汇报，董政委指令：迅速赶赴焦底村，会同东寺头派出所查明事实，快速处置。

于是，在万家灯火阑珊，一片辞旧迎新的爆竹声中，我和马波、杨发秋等民警迎着凛冽寒风，携着漫天飞雪，驾驶吉普车向太行深处、距县城四十多华里的焦底村驶去。

一路上，雪深过尺，车子走走停停。当行至东峪沟岭一陡坡下时，车子怎么也上不去了。无奈之下，我只好踏雪步行一华里，喊来西沟村中正阖家团圆的村民们帮忙。大家好不容易才将车推上了坡。随后，在村民们惊诧的目光下，我们又继续前行。由于雪深路滑，我们小心翼翼地用两挡行驶，谨慎地转动着方向盘，不敢停下，生怕在路上搁浅。当走到山顶时，水箱早已开锅。我们只好披满身雪花在太行山巅的东峪沟岭上待发动机降温。这时，随着暗夜中两道灯光射来，接到110报警服务台指令的东寺头派出所所长常立平也驱车赶到了。我们便一同向焦底村驶去。但焦底村是个小山村，道路不通，距村还有三华里时，我们只好弃车步行进村。

除夕夜20时多，当我们披满身风雪，踏声声爆竹走进张老汉被困的王姓农家时，王老汉一家和张老汉惊呆了。王老汉抖抖索索地在身上摸了半天，摸出半盒秋叶烟递给我们，我们急忙婉辞了。

王老汉一个劲儿地说：“看这么大的雪，这大过年的，又让你们来了。”我们说明来意后，便围坐在燃着木炭的火盆前，详细向他们了解起这起“非法拘禁案”的始末。

原来，王、张两人是亲戚。五年前，两人做党参生意，由于对市场了解不够，张老汉贩党参一下子赔了四万元，而这些党参是张老汉从王老汉手里赊欠的，王老汉的党参又是赊购村民的。几年来，张老汉无力还款，而王老汉赊欠党参的村民又屡屡上门催要。王老汉碍于亲戚情面，无奈只好变卖家产给村民们结算党参款。可就算将家里的牲口、电视等能变卖的家什全部变卖，仍有二万元党参款未结清。时下年关将近，村民们又上门要款，王老汉只好让张老汉前来商量如何还款，而张老汉实在无款还债。王老汉想到自己变卖家产等生活困难都因张老汉而起，遂与其争论。由于话不投机，一气之下便留张老汉住下，让其自己对过年来要党参款的村民们交代。于是就发生了这起“非法拘禁案”。

王老汉边说边唏嘘不已，其女儿在一旁早已泪流满面，指着空旷的屋子说：“看我们还怎么过啊，我家还有什么啊？”

这确实是一起非常棘手的“案件”。如何才能化解矛盾，既让张老汉能回家团圆——合情；又让王老汉能走出因张老汉欠款而造成的困境——合理？在一起稍作商量后，我们确定了化解矛盾，尽快解决债务的处理办法，并分别对王、张两位老人进行谈话。

张老汉听了我们的谈话后，一脸羞愧地说：“哎，罪过啊，我欠了亲戚的钱，又给亲戚造成了这么多的困难，我对不起亲戚，也对不起你们啊。可我真没办法还钱啊。人家让我留下，我就留下吧，谁让我欠了人家的钱？这可不是人家扣留我。我可该怎么办啊？”

王老汉更是一脸诚恳地说：“哎，我也是无奈啊！为了亲戚我哪还有家啊？你们看我犯了什么法，就处理我吧。”

面对两位老人坦率的陈述，我们立即采取措施，分头行动，解决两位老人的问题。此时已是除夕夜 22 时，远处有零星的迎新爆竹响起。在这个除夕的寒夜里，我们踏雪将村干部找来，终于达成了让张老汉回家团圆，张老汉的儿子负责在元宵节前为张老汉还款两万元，其余两万元于1999年年底还清的协议。王老汉拉着我们的手老泪纵横，张老汉的脸上也有了生气。

当我们起身告辞时，突然王老汉的妻子和女儿将四碗热腾腾的饺子端到了我们的面前，王老汉紧紧抓住我们的手说："快吃点儿吧，大过年的，为了我们的事真难为你们了。"尽管此时我们早已是饥肠辘辘，饺子的香气沁人心脾，但想到王老汉的家境和人民警察的纪律，我们坚持不吃。王老汉沉默良久，突然端起一碗饺子，两手高举，双膝就要跪地。我们慌了，急忙上前搀起王老汉，盛情之下，我建议大家和王老汉一家吃一顿年夜饭。我们将四碗饺子分成十份，给张老汉和他的儿子各端了一份，围坐在火盆旁和王老汉一家吃起了这顿终生难忘的年夜饭。

端着这碗饺子，我思绪奔涌，情不能已。这是怎样的一碗饺子啊？它们静卧在粗瓷大碗里，热气在身上升腾，煮裂的饺子皮微微张开，呈紫红色的萝卜馅跃跃欲出，有几滴香油在饺子身上吃力地映射出些许光亮。我的心中涌动着万千感触。这分明是一颗颗老百姓坦诚率真的心，分明是群众对我们的最高奖赏，分明是人民警察和老百姓之间鱼水相依的亲密象征。虽然在这个特殊的日子里，我们未能同家人在一起团圆，欢度除夕，迎接新岁，但我们却感觉到这间寒气袭人的屋子里在沸腾着热情，洋溢着温暖，微笑爬上了每个人的脸。家的感觉，团圆的欢愉，充盈了这个农家小屋。

告别王老汉一家，和张老汉父子返程时，已是午夜，新岁的钟声已经敲响，迎新的爆竹响彻天际。

这件事情虽已时过经年，但却在我心中一直珍藏着。那是我人生中将永远铭记的一个除夕，那是我人生中最难忘的一顿年夜饭。王老汉一家坦诚率真的邀请；粗瓷大碗里，七个升腾着感情热气的饺子……那是我人生中吃的最有味道的一顿年夜饭，碗中盛满了真情、理解、亲切、信任……

啊，1998年，那个永远的除夕，那顿永远的年夜饭。

（原载《人民公安》2016年11月）

暖暖的“你很好”

王　菲

“良言一句三冬暖，恶语伤人六月寒。”我很喜欢这句话，也时常用这句话提醒自己“己所不欲，勿施于人”。我很了解自己的性格，所以我也从不奢望办事的群众夸奖我，一直安慰自己本分地做好自己的工作就好了。但是 2015 年 3 月 19 日，我却把“奢望”意外地变成了现实。

那天上午，我正在窗口办公，一位夏姓老人来到我面前，递来了几张户口注销证明，很客气地说：“小同志，你看我这回能迁了吧？”这位老人我有些面熟，但具体叫什么不记得了，第一次来是 2012 年，询问我如何将别处的户口迁到我们所辖区。我查询了一下，发现他家户口里有四口重户的信息，我当时告诉他必须注销掉那些重户，才能办理迁户手续。他当时答应得很痛快，但是往后就再也没有动静了。等到上级下派任务需要处理重户工作后，我又根据其在别的派出所已办理身份证的情况将其在我所的重户做了删除注销处理。2014年时老人又来到所里，但因为时隔久远，又赶上停电，我对他家的户口是否做了处理没什么印象，所以又告诉他要想迁户口就得先把重户的人先注销掉。又一晃一年过去了，等他再次来了，我用电脑一查询，发现乌龙了，因为两个所的户口全没有了，我这边在2012年年底就给删除了，而另一个所是在2015年删除的。我当时冷汗就下来了，心想如果自己2014年时把他的名字和联系电话记下来，等到有电的时候给他查一下，发现已经被注销了，就可以联系他直接把别的所的户口迁过来。这下可好了，两边都删掉了。

我红着脸将情况和那位大爷解释了一下，并告诉他因为他儿子的结婚证是用别的所的身份证号办理的，为了避免以后造成结婚证与身份证号不符的问题，我给他按照结婚证上的身份证号补录，也做好了挨骂的心理准备。可没想到大爷却嘿嘿一笑说：“没事，没事，都怪我们家事办得不对，和你没关系。你就按照你想的给我办就成，别的我没意见。”我一听，顿时感觉很惭愧，于是把老人家需要补办的手续都准备齐全，自己风风火火地赶到局里给他办好了。

等我回来给他打户口本的时候，那位大爷像唠家常一样和我说：“我以前就不乐意来派出所，但是现在我就愿意听你说话，你说得明白，按照你说的办一点儿都不费事。”我一想我的破脾气，顿时很尴尬，说：“您快别夸我了，我属烂土豆子的——不抗夸。就我这脾气，可没有人说好的。”“可不能这么说，你说话办事利索，我都能听明白，按照你说的准备，准能办好。他们不说你好，但心里都记得你的好。要是有人说你不好，也是他们没好好听你说话，怪不得别人，不用理会他们。”

虽然大爷夸奖我的话不多，但我那一天的心情都像掉进蜜罐里一样，很甜也很腻。尽管我坐在窗口只有四个春夏，但是看惯了形形色色的人，已经对别人是否理解我们的工作不抱有幻想了，这时候忽然有个人说一句“你很好”，心里真的很暖。

（原载《派出所工作》2016 年 5 月）

一路征程一路歌

刘晓霞

屈指算来，入警已有二十年。对于一段历史来讲，二十年仅如白驹过隙。对于一个普通的人生而言，二十年间的足迹、历程、感悟和收获又足以见证他的成长和热爱。可以这样讲：警队中的历练和见闻，丰满了我对人生的认识，确立了我对职业的钟情，坚定了自己要与警队共克时艰的决心和信念。如今，走过立志之初的青葱岁月，走过战歌嘹亮的烽烟和风霜，我发现自己更加热爱警队和身边的每一位战友——我已经跟它、跟他们融为一体、密不可分。

“警察”是一个职业使命凸显的身份，进入这样的一种角色，就意味着承担了更多的社会压力、面对了更为尖锐的人性考验。如果我这样来形容：每一名爱岗敬业的警察心中，其实都暗自谱写着一曲属于自己的青春之歌。大家，会不会认为我故作姿态？

——绝不是。

伴随着公安工作的实际需要，二十年里，笔者的分工进行过多次调整：内勤当过，材料写过，大案专案侦办过，基层锻炼实践过……我认为每一次新的任务就是一次新的迎战，每一个新的岗位就是一个绝好的重新认识和深入理解“警察”职责的前沿。无论岗位怎么变动，以自己在普通公安岗位上履职的经历，有一点体会总是让我感受深刻，那就是：在“警察”这个特殊社会角色上，同时承载了两种截然相反却又相互承托的特质，这样一个强大的群体，日复一日澎湃着“英雄主义”和“完美主义”的无限激情，用真实的行动鸣奏着“侠骨”与“柔情”、“剑胆”与“琴心”最深情的歌！

用心聆听，我们就会发现：这个歌声雄浑豪迈，这个曲调润物无声。

君不见，在最凶险的刑事犯罪现场，有警察除暴安良的风采。在最远方的维和前沿，有警察大爱无疆的奉献。在最考验智力与耐力的案件侦办过程中，我们战斗在不见硝烟的前沿。在最平凡的服务人民的基层，为满足普通群众的细微诉求，每个警察塌下身子，不挑不拣。二十年里，不管是参与引人瞩目的大、要案侦破，还是从事默默无闻的基础资料的搜集和整理；无论是埋身在枯燥的案头材料中润色斟酌，还是直面正义与邪恶的交锋，我知道公安领域的各个侧面事无巨细，都包含着不为人知的艰辛和繁重。但是，与沉重的责任相对应的，是警察职业的崇高和神圣。

当社会发展到近乎急功近利的阶段，总会有不理解者发出疑问，他们困惑：在当前日益累加的工作强度中、在越来越狭小压迫的现实夹缝中，公安工作到底能带给从业者一些什么？是赫然宏大的声名，还是唾手可得的厚利？

——都不是。

相反，无论身处公安领域的任何一隅，每个有责任感和使命感的警察，都会倍感压力——来自职业的要求、来自人性的弱点。

远离危险和阴霾、渴望理解和善待，这是每个人生命中最本质的期待。探索真诚和爱、追求美好和富有收益的工作状态，也是平常人生的寻常追求。然而，真实的公安工作决定了从业者在人性范围内需要作出有别于惯常的选择——无时无刻，我们不承受着巨大的压力和自我挑战：违法犯罪亟须打击，琐事纠纷期盼调解，刀和血迹等待被关联，欺诈谎言全靠你来拆……累了也坚持、心痛了还爱。这些，都是人性中非自然的状态，却是警察这个职业对我们最基本的要求。不仅如此，危险之时、大难之前、迷乱之际，为履行一个忠诚的誓言，很多场合绝无回避、很多时机绝无怠慢，然而对待亲人们呢？分身无术的困境又让警察成为家庭中角色尴尬的“空头成员”——无法正常表露的人之常情、压在心头的亏欠和愧对，都是人性中非自然的成分，它们作为一种“苦心”实实在在支撑着作为一个警察的良心。

有时我们也能听出，歌者其实已身心疲惫。然而那个歌声，绵长悠远，从未中断。

毋庸置疑，警察的职责繁重。就算具体到被誉为“白领警察”的经侦战线，队员们的负荷也濒临极限。面对成百上千受害群众的信任与泪水，这其实正是另外一种超常形式的严峻考验。面对错综交织的陈年旧账，这是对脑力和精力的巨大挑战。为拯救随时可能蒸发的巨款，每个民警恨不得分秒必争。面对需要审慎和勇气协同作战的案情，我们又常常夜以继日深陷鏖战……年复一年，在奔赴征程的途中，我们中的很多人，也许刚刚从病床上缓解病痛，也许刚刚结束让家人倍感失望的交谈，也许正受累于侦查工作的“瓶颈”正在全力攻坚……无奈、歉疚、挫败，个中感悟不一而足。然而我们仍然在路上，然而我们始终在前行。

因为是警察群体中的普通一员，我能够理解许多外人所无法体察的真实存在在警察身上的那种豪气，还有痛感。就算作为警察群体中最普通的一员，我也深知“通体血肉”之于“英雄者”的含义。在我看来，每一名爱岗敬业的警察，首先是一个深刻的“人”，爱生活、爱光明、爱顽强生长着的一切，乐施善予，抚悲拔苦，然后，才能成为一名好警察。

所以，我也才会坚定而深刻地断言：每一位爱岗敬业的警察心中，其实都暗自谱写着一曲情歌，只不过这首情歌主题恢宏——那正与“大爱”和“大义”相关！

（原载《人民公安报》2016年1月21日）

黑骏马

肖范科

十年前，我在大山深处的一个派出所实习。这天上午，领导派我到辖区的一个山村去调查一宗盗窃案件。治保主任是一个年轻英俊的小伙子，刚从部队复员回来，还没有成家，正是午饭的时候了，他邀我去他哥哥家里吃中午饭。

刚一进屋，我就被一个小男孩吸引住了。这小男孩大约三四岁，头发又黑又浓，一对乌溜溜的大眼睛一眨也不眨地盯着我。他穿着一套仿制的小警服，臂章上标有“小警察”三字，旁边的椅子上放着一顶小小的大盖帽，两只胖墩墩的小手抱着一匹黑色的小木马。这匹小木马黑黝黝的，油光发亮，眼睛似乎闪着金光。我于是便伸过手去，想去摸一摸这黑色的小木马。

“别碰——我的——黑骏马！”小家伙见我想去摸他的小黑马，迅速弯下腰，将小黑马紧紧护在怀里。我想，小小年纪，应该不会是“同行”生嫉妒吧？

他叔叔朝我笑笑说：“他呀，这匹小黑马就是他的心肝宝贝，晚上还搂着它睡觉呢。去年冬天，我们在垦山造林的时候，挖出了许多老树蔸，我看到其中一根树蔸的外形极像一匹正在奔腾的骏马，我曾经在内蒙古当兵，对马有一种特别的情感。我将这根树蔸拿回家，锯掉上面的树杈，凿去一些旁根，稍稍加工后，上了黑漆，就送给他玩儿。这小家伙乐坏了，问我这马叫什么名字，我就说，叫黑骏马吧。”

山里的孩子极少有现代化的玩具，也许，这匹黑骏马就是他的整个精神世界，我会心地笑了笑。

这时，小男孩搭上凳子，到墙上取下我的警帽，然后将我的警帽拿去和他的比了比，可能觉得我的警帽要比他的漂亮，就将我的警帽扣到他的小脑袋上，抱着他的黑骏马，在屋子里嘻嘻哈哈地蹦着跳着，那童稚的笑声盛满了整个屋子。我受到小男孩的感染，童心复萌，便满屋子去追他，去抢他的黑骏马。

小家伙嘴里“咯咯咯”地笑个不停，一边往桌子底下钻，跟我捉迷藏。

“你——给我——讲——故事，我——就——给你看——黑骏马。”突然，躲在桌子底下的小男孩眨着眼睛奶声奶气地对我说。

“行，叔叔给你讲警察抓坏蛋的故事，你出来吧。”我对小男孩说。

小男孩欢快地跑到我的面前，但他坚持一定要我先讲故事，然后才把黑骏马给我看。

我给他讲了一个警察独自一人追缉三名劫匪的故事，他听得入了神。故事讲完后，小男孩对我说：“叔叔，那个——警察叔叔——要是——骑上——我的黑骏马，就——不用——跑这么远，就能——很快——捉到坏蛋了。”

“是吗？你的黑骏马有那么大的本事吗？”

“我叔叔——说，我的——黑骏马——可以跑——得很快的呢，等我们——这里的——路修——好了，我就一定要骑上我的——黑骏马，到很远——的地方去。”

这童稚的声音有如三月里的一股春风扑面而来，时令虽然是寒冬，但我却闻到了春的气息。

“行！宝贝你一定行！到时候，你的黑骏马一定会带你去许多好玩儿的地方。那里有许多漂亮的房子和小汽车，有许多你没有见过的漂亮玩具，还有许多和你一样漂亮的小朋友。”

我一边和小男孩说着，一边欣赏着这匹漂亮的黑骏马。这匹上了黑漆的小木马由于小男孩的长期抚摸，周身乌光锃亮；它的两只金黄色的眼珠是用“六四”式手枪子弹的底壳镶嵌上去的，亮晶晶的；马首昂扬，似在嘶鸣，四肢肌肉凸起，做奔腾之状。整匹马的造型有一种矫捷的神韵。

“好漂亮的黑骏马啊！”我轻轻赞叹着，爱不释手。

这时，小男孩跑过来，不由分说，从我的手上夺过他的黑骏马，朝我扮了个鬼脸，自顾自地玩儿去了。

一次，趁到县城出差的机会，我去商场逛了逛。当我看到那些新奇的儿童玩具时，我的眼前便立即浮现出那小男孩的身影，于是，我买了一辆红色的玩具小汽车。下乡的时候，我又去了小男孩的家里。小男孩一见到我手里拿着的红色小汽车，眼里便露出了渴望的目光。我说：“我用我的红汽车来换你的黑骏马，行吗？”

小男孩盯着我的小汽车迟疑了一会儿，然后坚决而又果断地说：“不行，我的——黑骏马——比你的——小汽车——威武——漂亮——多了，我叔叔说，我的黑骏马——能跑得——很快呢，等我们的路修好了，我要骑上——我的黑骏马，到——许多好玩儿——的地方——去。”

望着小男孩天真烂漫的样子，我笑得好开心。我想，我们人类的祖先，不就是在这样的原始幻想中走出丛林，走向文明的吗？

这天凌晨，派出所接到报案：虎歇坪村的治保主任，也就是那个小男孩的叔叔，为了制止犯罪分子盗伐林场的树木，被犯罪分子杀害了。接到报案后，我们立即骑上自行车出发，由于山路崎岖，一路上几乎一半是车骑人，一半是人载车，等赶到现场时，已经是上午 9 点多钟了。

从现场看，这里曾发生过激烈的搏斗。我知道，凭他的身手，一两个小毛贼绝不是他的对手。犯罪分子是依仗人多势众，又从背后下了毒手，夺去了英雄的生命，致命伤在后脑勺上，是用斧头劈开的。

我的心情异常沉重，这是一个多么优秀的青年啊。如果给他机会，也许他能成为一名优秀的艺术家，他还没有结婚呢。他曾对我说过悄悄话，说对象是村里学校的老师，他还说结婚时要请我来喝喜酒的。如今，他就这样走了，他的生活才刚刚开始，还没来得及品尝这人世间的一切。

我来到小男孩的家里，屋子里挤满了人，大家都沉浸在巨大的悲痛之中。“小男孩呢?”我用目光在人群中寻找他。我看见他背靠着房门口的门框站着，像一只受到惊吓的小羊羔，怀里还抱着那匹黑骏马。他的头向右歪着，我走过去，看见他的小脸蛋贴在黑骏马的背上，泪水顺着脸颊流到了马头上，染湿了马头。这样看上去，黑骏马的眼睛也是泪汪汪的。

我想去抱抱他，以消除他的恐惧感，抚慰他那颗受到伤害的幼小心灵。这件事对他来说太残酷了，他太小了，他不应有悲伤的眼泪，展现在他面前的应该是阳光、鲜花、欢声、笑语。此时此刻，我真恨自己是这么的不称职。

这时，小男孩也看见了我，他离开门框，朝我走来。我弯下腰，将他拥在我的臂弯里，帮他擦去脸上的泪珠。小男孩用他鲜嫩的小嘴唇吻了吻黑骏马那金色的眼珠，然后，他双手将黑骏马递给我，说：“叔叔——我要将黑骏马——送给你，我的——黑骏马——跑得很快——很快，你快骑上——黑骏马——去抓——坏蛋——吧。”

我看到，他的目光里有一种坚定的不可抗拒的力量，我不能拒绝他。他送给我的，不只是一匹木雕的黑骏马，还有一颗金子般的童心啊。

泪水模糊了我的双眼，我将他和他的黑骏马紧紧搂在怀里。我对小男孩说："好，叔叔一定骑上你的黑骏马，去追捕那些作恶的坏蛋。放心吧，他们一个也跑不掉的。"

这宗案子很快就被侦破了，杀害英雄的犯罪分子最终都去了他们应该去的地方。

十年了，那个小男孩也变成少年了，他该早忘记那匹小黑马了吧。然而，每当我看到这匹小黑马，就仿佛听到了马的嘶喊，使我忘不了那个悲怆的故事……

（原载"中国公安文学精选网"2016 年 7 月 22 日）

寂寞而听着海风也是好的

支　奕

雨把舷窗砸得咚咚响。我坐在座位上，上下颠簸。身旁的朵朵已经虚弱得把头埋进臂弯里。她晕船了。作为一名走南闯北的记者，朵朵来过几趟嵊泗，说起近四个小时的船程，她摘下眼镜，红润的脸蛋有些苍白。

枸杞岛码头。我和朵朵像两个醉汉，踉跄地上了岸。雨弱了，风还在。我忍不住回头，远海一片湛蓝，近处忽成碧绿，果然和定海褐黄浑浊的海水有着天壤之别。

“真黑啊！”看到来接我们的海岛民警——皮肤黝黑的雷哥，朵朵忍不住笑了。

雷哥是土生土长的枸杞人，性情爽利，一路上热情地介绍着风土人情。

枸杞距离公海只有二十海里，是中国最东边的住人海岛。盛产贻贝，有1.2万亩贻贝养殖基地，是“中国贻贝之乡”。岛上的枸杞派出所是全省最东边的治安派出所，辖区有三十三个大小岛屿，海陆总面积一千六百余平方公里。

这个东海小所只有八名民警五名辅警，但是已经收获了很多荣誉：全省“最美警察集体”、全省公安机关爱民模范集体、全市“美丽派出所”……

敏锐的记者闻讯而来，朵朵便是其一。我们很快就见到了所长郑嵊，他笑起来有两个很深的酒窝，让人印象深刻。作为海上牧场的守护者，郑嵊几乎不回家，他边笑边挠头：“坐船回趟镇上太费时了。”为了能照顾他，他的妻子主动申请到枸杞小学支教，带着读小学的女儿一起上了岛。这位警嫂也是笑吟吟的：“一家人在一起才是家呵。”

听当地老百姓说，海边礁石上长着一种石艾草，只有嵊泗有。这草看似柔弱，但风雨不摧，坚韧不拔。像石艾草一样扎根海岛，这是我对郑嵊的理解。

陪我和朵朵下辖区的民警叫王杰，二十八岁。我们跟着他走街串巷，看街边的老百姓熟络地跟他打招呼，仿佛看到电影《今天我休息》里的场景，男主角也是个和群众打成一片的好民警。

朵朵想体验海上警务工作，我们搭上渔民李师傅的船，“慢摇”到王杰片区的海上临时警务室。

为了打造“平安海上牧场”，枸杞派出所在贻贝养殖基地设立了责任区。王杰把办公室搬到海上，方便为群众尽快解决问题。

浪花上的警务室，随着海潮起伏不定。朵朵小心地挪着步，我也有点儿头晕。一个二十多平方米的海上平台，上头搭了间红蓝色的简易小木屋。养殖户有啥事，就划渔船停靠。

今年3月，有辆载海鲜的货船下半夜误闯了渔民老李的贻贝养殖区。老李知道后，清晨4点打电话给王杰。王杰立即找来几个“老娘舅”，在海上临时警务室为双方调解，早上6点多双方握手言和。

晚上，我们一起沿海滩散步，问到枸杞有没有什么大案子，郑所长说，枸杞民风淳朴，几近路不拾遗、夜不闭户。这里案子少，老百姓最怕的其实是台风，一个台风就可能让养殖户损失上亿元。台风一过，民警要赶去桁地查看贻贝损失，调解矛盾纠纷。海上风浪大，民警边呕吐边工作，一天十六个小时在海上，活脱脱晒掉几层皮。

我和朵朵听着潮涨潮落的声音，眺望着远方黑漆漆的海面，似乎也想念起了家里那盏温柔的灯光。

“寂寞而听着海风也是好的。”雷哥突然冒出一句话，大伙儿都笑了。

（原载《平安时报》2016 年 7 月 14 日）

大地的守望

——写给所有在基层默默奉献的人民警察

赵 艳

不是所有的记忆都被时光铭刻。

红色兴安，是漫长岁月遗落的一抔黄土，还是血与火淬炼而成的金色凤凰？穿过岁月攀爬的门楣，看那黄绿相间的大片麦田，还有随风摇曳的萨日朗花、父老乡亲们绽放的笑颜……兴安大地，好一派安宁祥和。

是谁播下一粒种子，让大地开始萌动芬芳？是谁用心血和汗水托起金色的太阳，奏响正义和真情的旋律？是谁舍小家顾大家，用一片丹心满腔热血书写着大写的名字？是你，你们。人民警察！

听，那岁月的足音琮琮作响，每一步都铿锵有力。

为了兴安这方热土永葆亮丽的风景，你们勤勤恳恳无私奉献，在雪山之巅，在草地沟壑，在繁华的都市，在偏远落后的小山村，都有着你们伟岸的身躯和铿锵的步伐。你们高悬正义的利剑，铲除邪恶的幽灵，还世间一片安宁和谐。你们翻山越岭，一路风尘，满身泥浆，只把你的承诺，兑现在无言的行动上；你们挺起雄壮的腰身，宽厚的胸膛，一颗心朴实无华，有你们就有坚强。

循着人生的足迹，我有了重新的抉择。从一名报社记者走到了警营，成为战斗在警营里的一名战地记者。我将手中的笔当作枪，与他们并肩作战。刀光剑影、惊心动魄不再是幻梦，赤胆英雄不再是描摹，它在眼前每天一幕幕真实上演，生与死的搏斗，正义与邪恶的较量，时时在血火中淬炼自己的公安民警，拳拳爱心，赤胆忠诚……我以我手中的笔疾书着。

在这里，我经历了“开门入户”和“实有熟悉年”，目睹了“交巡合一”的丰硕战果，共飨了兴安盟第三个“爱警日”的感人瞬间……

从警的道路布满荆棘，随时随处会有艰难险阻，随时随刻会有委屈误解，随时随刻会有生命危险。选择了警察这个特殊职业，就选择了奉献自己。我觉得我还没有完全进入角色，遇到突发事件还会惊慌胆怯，看到在基层默默奉献和付出的老民警还会不理解，遇到困难还会轻言放弃，我觉得手中的笔还不够有力……但我被感动了，那些战斗在一线的弟兄们，年轻的面庞刻着坚毅的自信；那些在平凡岗位上坚守奉献的巾帼们，用灿烂的笑容抚慰了受害者的心灵，用阳光驱逐了污霾。我被震撼了，民警与歹徒搏斗时的勇敢，在生命和奉献面前的大义凛然。当受害者紧紧拥进民警的怀抱，流下感恩的泪水，那一刻，我的眼睛湿润了……

在我们身边，有好多这样平凡普通的人。科右前旗公安局交巡大队教导员张军年近六旬，还奔波在交通管理第一线。他的工作永远都在路上，他用脚步丈量了前旗辖区的每一个主要交通路段，几十年如一日坚持在巡逻一线，默默奉献了三十五年。

2016 年 4 月 26 日晚，张军在对车辆执行检查时，被强行开动的车撞倒碾压，造成右臂三处骨折、右侧脚踝粉碎性骨折。张军被120救护车送往兴安盟医院，医生告知伤势非常严重，需要截肢。当晚，张军被紧急送往长春市进行救治。

“穿上这身警服，就是一份责任……”当局领导和同事们第一时间赶到医院看望他时，躺在病床上的张军，微笑着面对领导和战友，仍然坚持着自己的信念。

“现在，我把我儿子也培养成了警察，他会接着我干下去。”战友们看着他强忍痛苦坚定的表情，都不禁潸然泪下……

没有一种情怀，能有如此的温暖与拯救。没有一种付出，能有如此的震撼与力量。除了你，你们。

回眸中，避开绚烂繁华的霓虹，凝视这方沃土，映入眼帘的是让人震慑的藏蓝的钢铁长城。你们刚正不阿，你们自强不息。不是吗？刀尖上的舞者，缉毒英雄陈书平，无数次直面死亡，毅然站立在生死的最前沿；无私奉献了一辈子的老民警黄显林，患重病与死神对抗，依然战斗着；全国二级英模、刑侦大队长左少先打黑除恶，他的名字令罪犯闻之丧胆，在他的办公室里，郑重保存的不是各类证书奖章，而是群众送来的六十多封表扬信和二十多面锦旗；全区公安机关首届“郝万忠式”公安局长王玉杰、全区2014“十佳法治人物”交巡大队民警格日乐图，用实际行动诠释着什么是真正的强者；老交警韩世杰默默在平凡岗位上执勤站岗四十年，人到暮年依然疏导交通，为人们保驾护航……生命不息，战斗不止，在人民警察的队伍里，这样的英雄太多太多。

三四十载的坚持，从意气风发到两鬓斑白，从青春年少到白发暮年，从一粒种子到参天大树，你们就这样深深扎根在这片眷恋的沃土，将青春奉献给党和人民的事业。

“干工作就要对得起这身警服，对得起百姓！”“我舍不得脱掉警服，我要当一辈子的警察。”“我愿意在基层工作，因为我熟悉这片土地。”多么朴实的话语，多么崇高的境界！岁月的风霜涂上了你们的双鬓，也涂伤了你们的身体，但你们依然带病坚持着、奉献着……

我觉得手中的笔变得愈加沉重，上面载有太多的感动和责任；我无法再退缩，手中的笔将是无比锋利的武器，同样可以并肩作战。我将记录这一幕幕感人的瞬间，采撷更多的精彩。此时，我已经走进警察，走进心灵中最持久的撼动。

终有一天，一代老警察孱弱的身躯无法再挺拔，大街小巷再看不到你们匆匆的背影，人们耳畔的回响已化为叮咛。但你们，那浑浊的目光依然坚定，那铿锵誓言仍在耳边回荡，这是你们心中的永恒信念，这是一名人民警察生命的全部支撑。没有谁能体会你们内心的苦与乐，没有谁会懂得你们的向往与期待，除非，有一天，你也成为一名警察，付出着你们的付出。那时，你才懂得，你们这样的付出到底为了什么。

有一天，你们累了，将身躯匍匐在大地上，雕刻成守望者的姿势，将自己的心灵和大地合为一体。这里，还有你们守望的精神世界，还有你们守望的平安与快乐。

此刻，你们的脚下，发出的回响，那是千千万万个守望者的共鸣。他们，将与你们息息相生。

（原载《内蒙古晨报》2016年3月17日）

没有一个冬天不可逾越

沈继道

今年冬天来得晚，等到某个夜里刮起大风，清晨起来发现悬铃木的叶子和银杏的最后一批叶子层层堆积在水泥路上，被经过的人们踩成细细的碎末儿，才意识到冬天已潜伏在了你的皮肤，寒意沁人。

冬天对于我们警察来说，不是一个很好的季节。清晨，你得披厚衣、踩薄冰，展开巡逻；为预防警情、宣传法制，你得在居民区、大型场所、繁华地段散发传单、逐一走访、设置咨询点；为了解案情你得顶着严寒东奔西走，有时为了侦破一起案件，还需要蹲点守候、加班加点熬夜工作；风雪交加，路人唯恐避之不及，你却得一丝不苟挥舞胳膊……

以前我老想，“柴门闻犬吠，风雪夜归人”是多么温暖的诗句，想象一下一个漫天大雪的夜晚，白茫茫的雪地上一个人深一脚浅一脚慢慢前行，又冷又累，突然看到远处有了灯火，顿时心头一热。再近些，只见炉火烧得正旺，几个人围坐着，边往火里添柴，边喝酒闲扯，简直就是天堂！推开门，抖抖身上的雪，直往火前奔，顺手夹起块羊肉，满口滚烫，吐着口里腥膻葱蒜气对窗外的大雪喊声：“好天气！”冬夜最舒坦的事莫过于此。《三国演义》有回写刘备二顾茅庐，风雪漫天。村野酒店有二人唱歌，刘备问二人来由，自说是石广元和孟公威。简单问答后，刘、关、张三人继续等候卧龙。当时天寒地冻，张飞冷得想打人，而村野酒店石、孟二人的状态却相当滋润，大雪天，竹帘，酒肆，几个人在席上烤火喝酒，吃菜哼曲。看完这一回，其他情节我概无印象，独对石、孟两人羡慕不已，琢磨着日后此等平民的幸福时光应该不会太遥远吧。

然而，参加工作后，我才发现如此平凡的梦想总是奢望。深夜巡逻自不必说，通宵值班无可厚非，办案蹲点休要再提，最无奈的是你在被窝做着香甜的梦，一个电话，出警！端的是万般挣扎。刘宝瑞先生有段单口相声定场诗，说两口子睡觉为了争个热炕，老头子和老太婆把掏灰耙、擀面杖都拿出来，动了“兵器”了。虽是玩笑话，细想来也不无道理。你说当下大冬天，大半夜“十八里铺有人打架”、“某地娱乐场所有人醉酒闹事”。不容迟疑，一脚蹬开热被窝，一个鱼跃飞奔向出警车，边跑还边穿衣服，当然那时的你也顾不得身上的寒意或去留恋被窝了，责任二字不得不令你的脚步穿过整个寒冷的冬天……

然而，当我们跻身于警察这个特殊的群体，当我们真正融入群众，才感觉周遭的一切都心甘情愿。是的，因为这是我们的责任，因为我们是社会的中坚。这就是为什么在各种事故发生时，无论我们身在何地，哪怕是千里之外，都会不顾一切，奔赴而来；当小区盗窃案发生时，当我们面对事主欲哭无泪的面容时，无论身体多疲累，我们都会怒不可遏，全力侦破；当我们找到迷失的孩子，送至焦急如焚的父母手中时，无论我们巡过多少个街头，找遍多少个巷子，我们都曾体会过他们内心的欣喜；当我们救起落水的老人，无论我们呛了几口水，事后发烧打点滴，我们都不管不顾这水有多冷，这个冬天有多黑。因为我们是一个整体，我们休戚与共，须臾不曾分离。

当我们扪心自问时，我们心中对这个社会深沉的爱已经给了该如何行事的答案。不是因为我们身在要位，不是因为我们体魄强健，不是因为我们足智多谋，我们甚至并不比你们中的任何一个优秀。但是我们从没有忘却自己的使命，让无力者有力，让悲观者前行。在这个大陆上，太平洋以西，当每一天的曙光笼罩大地时，我们抖擞精神，守护前行。

处警的车子在城市中如影穿梭，阳光滑过梧桐树叶跳到行人的肩上去，像单位后面皂荚树头调皮的金丝雀。这个冬日小镇像一位老人悠闲地伫立，而警车却使得整个空间都跳跃起来，树林、山峦、河流、街道、人群在我眼前扑过来又撤回去，最后拉成了飘飞的光影与色块。阳光抖落下来，投影在脸上，迷迷糊糊中我感觉逾越了整个冬天。

（原载《舟山日报》2016 年）

在平凡而琐碎的人生中发现美

赵　琳

在文学路上不知不觉已艰辛跋涉了二十余载，蓦然回首，百感交集。

对文学，我是如此虔诚地热爱着，其根源首先来自于我的家乡、家庭和人生经历。

我的家乡湖北省黄梅县，文化底蕴深厚，成长于此的我，自幼便深受熏陶喜爱文学。

我父亲也是一名警察，他是我心目中真正的英雄。受他影响，我对警察这个职业从小就心向往之。可是，在我九岁那年，爸爸因劳累过度患病逝世，年仅三十九岁。当时，妹妹才三岁，奶奶也年迈多病。妈妈不得不独自照顾奶奶，养育我和妹妹，历尽艰辛。这一切，让当年的我猝不及防、迷惘和彷徨。于是，我开始提笔写诗，感觉满腹悲哀，唯有化作诗句，才能使自己的心灵得到些许慰藉。

就在此时，我幸遇恩师严渝嘉。她待我犹如亲生女儿，鼓励我以笔写心，并传授写作方法和技巧，使我的作文成绩迅速提高，经常被当成范文在全年级诵读。

在严老师的精心指导下，我上初中二年级时，获得黄冈市作文竞赛二等奖。同时，一篇作文发表于某作文选刊。时至今日，每每思及，便觉铭感五内、终生难忘。

从那时起一直到我后来成为一名警察，我虽陆陆续续写了很多文字，但出于敝帚自珍的心态，一直都是自写自赏。幸而我邂逅了网络和论坛，期间我担任过互联网一些论坛和文学网站的版主、编辑，在网络上发表了大量作品，同时也尝试往纸媒投稿。从网络走向纸媒，其中亦有种种苦乐，但我乐此不疲。我尝试过多种文体写作，诗歌、散文、小说均有涉猎，还尝试写过杂文、古诗词、评论、曲艺文本等。徜徉在文学的海洋中，我感觉身心无比惬意。

身为一名基层的公安文学爱好者确实有太多不易。对我而言，平时工作太忙，只能利用休息时间加班加点写作，加上家务繁杂，孩子体弱多病。但若有闲暇，我便会沉吟于文字。时常感慨，这是怎样一份深入骨髓的喜爱啊！

生活时常会掀起波澜。女儿五岁那年生了一场大病，也使我们全家陷入痛苦的深渊。伤在儿身，痛在娘心。那期间，我焦虑不安，心神不宁，差点儿放弃深爱的文学。幸好，在多方求医后，孩子逐渐康复，我才重新提笔，继续在文海中遨游。

若说到目前为止，于写作中我略有收获，便是在文学熏陶下，愉悦心灵，陶冶情操，扩展了自己的人生境界和思想边界。我想，身为作家，我们毕生的追求应该是如何在平凡而琐碎的人生中发现美、记住美，进而创造美，让一切美好的事物在我们的笔下熠熠生辉。身为警察，见过太多黑暗和丑恶，因此更加向往光明和温暖。而在工作中接触过的一切，又都是最好的写作素材。

因为写作，我结识了许多良师益友。特别感激在文学创作上鼓励、指点过我的好友，这些给我信心和力量的好友们，是我人生最宝贵的财富。

因为写作，我亲身感受到各级领导对公安文化的重视，他们的关切和鼓励让我如沐春风，也促使我想为大家做一些事情，用以回报。2010 年，在全国公安文联领导的关怀和鼓励下，我和十几位公安系统诗人聚在一起，开始筹备全国公安诗歌诗词学会。通过不懈努力，我们联络到一大批公安诗人，将他们团结在一起，为了共同的爱好而努力。

经过三年多的筹备工作，2014 年，全国公安诗歌诗词学会终于成立了，我还荣幸地当选为学会副秘书长。这使我更增添为公安文化发展贡献自己一份微薄之力的信心和勇气。

2015 年 8 月，对我来说是个丰收的季节，我参加了湖北省第五届青年作家高级研修班，并被聘为全国公安文联首批签约作家。

今年对我来说，更是有所收获。3 月 28 日至 30 日，在湖北省公安文联主办、黄冈市公安局承办的创作笔会上对我的散文诗歌作品进行了研讨。8 月，我的散文集《在那东山顶上》入选“荆楚文坛作家文库”第 8 辑，顺利出版。

这一切，是动力，同时也是压力。在此，我最想说的还是感谢和感恩。感谢成长路上每一位恩师、每一位挚友。感恩人生每一份小温暖和小幸福，甚至是苦难或辛酸的经历。我将在文学这条路上坚定前行，不断努力，写出更多作品。正如我在散文集《在那东山顶上》后记中所言：愿文学之光芒，恰似东山山顶冉冉升起的那轮皎洁明月，照亮我在文学之路上前行的每一步。

（原载《人民公安报》2016 年 9 月 23 日）

一座姓陈的山

孙国贤

著名诗人陆启这样讴歌过南江：“南江好，好南江，大巴山里百宝箱。座座青山有宝藏，处处田野稻谷香，一车矿石一车粮，红军歌儿震山岗……”

的确，在巴山深处，随处都可以听到关于红军的歌谣。陈大海也不例外，一说起长征，他就给我们唱起了小时候学会的红色民歌：

“红军来到南江城，一到南江打衙门
同志们赶快向前进，哎嗨哎嗨赶快向前进
大炮一响四山震，吓得匪军战兢兢
老百姓都来欢迎，哎嗨哎嗨都来欢迎
缴获枪支无计数，迫击炮有几十门”

这让我对这位已经五十七岁的“老公安”肃

然起敬。他却平静地对我说：这不算啥，因为我的爷爷是红军。我十八岁的时候也成了一名军人，再后来，我又成了一名警察。我的人生履历很简单，就是军人和警察。就连我的女儿，找的对象也是个军人。

话题自然扯到他 2004 年开始征服的一座叫陈家山的山上面。说话间，他递给我一沓资料：这没有什么好谈的，这些上面都有。然后，他滔滔不绝地说起了眼下的工作——如何在黑潭乡白虎村开展扶贫帮困：全村多少人口，多少贫困户，新修了多少公里村道路，新建了多少个微水池，带领村民栽种了多少亩富硒茶、多少亩万寿菊，喂养了多少头肉牛、放养了多少只南江黄羊、多少对小家禽，等等。我随手翻看他给我的资料，里面有关于扶贫工作的情况介绍，他还被市、县评为扶贫工作先进个人哩。我对他竖起大拇指。他淡淡地说，这也是老办法了。只要一天到晚蹲在村子里，全面摸清了有关情况，就能对症下药了。

南江县公安局政治处贾和平主任插话道："老陈很实在！现在像他这样的老革命，好多都在等退休了，但他却把事儿当事儿。比如说，扶贫工作，很有挑战性，但他主动请缨，硬是把村子的事儿理顺了，村社干部服他，老百姓信他。"

在他给我的厚厚一沓材料里，记得最多的，还是关于他担任交警大队副大队长时，与一座陈家山打交道的事。

我逐一拜读关于老陈的事迹材料，泪水几次打湿了眼眶，对公山之麓、几水之滨这座南江县城，又增加了无限的敬意。八十多年前，无数的红军将士就曾在红叶铺满的小路上战斗过。当年，2.2 万名南江儿女投身革命的洪流，其中就有 1.6 万人献出了宝贵的生命。这些年，说起南江，最出镜的当算光雾山了。那气势磅礴、色彩丰富、横亘数百平方公里的巴山红叶，引得著名作家蒋子龙击节赞叹："九寨看水，光雾看山；山水不全看，不算到四川。"光雾山，不仅红叶甲绝天下，而且遗迹丰富：石板路上，绵延数十公里的米仓古道蜿蜒穿行；韩溪河边，还留有萧何月下追韩信的故事；牟阳城中，还演绎着诸葛孔明屯粮练兵的史话；铁炉坝里，巴山游击队的壮歌仿佛仍在回响，从而给光雾山增添了迷人的历史气息。

其实，从南江出发，抵达光雾山，必先经过一座海拔一千九百多米的陈家山。

云横秦岭家何在，雪拥蓝关马不前。陈家山，是联结川陕两省的重要通道。这里路陡、弯急、崖高，每年晚秋至次年春末四个多月时间里，积雪在路面凝固，近二十公里的道路上，结冰厚度达四十多厘米，路面光滑得像镜子一样，常常发生车辆追尾、驶出路面坠崖的重大恶性交通事故，是省政府挂牌的特危路段，所有的车辆上山前都必须安装防滑链。行驶在这段路上，危险不是潜在的，而是现实的。驾驶员们谈路色变，给陈家山取名：阎王路。

然而，自从陈大海上山后，一个人和一座山开始默契地联系在一起，特别重大交通事故再没发生过一起。过往司机都说："晓得陈大队在山上，风雪再大，我们都敢过。"他俨然成了司机心中的山神。

要想征服陈家山，陈大海用的当然也是"土办法"："我没有什么诀窍，只有一个笨办法：实打实。"他天天待在陈家山，详细地了解它，摸透它的脾气。就像与驾乘人员打交道一样，他的"亲和力"，最终也让一座山对他服服帖帖。

从此，陈家山上，无论是炎炎烈日的酷暑，还是皑皑白雪的寒冬，你总会看到一位民警忙碌的清瘦的身影，他不是在执勤巡逻排查路险路患，就是在组织民警抢救遇险车辆和被困人员；不是在组织民警铲雪护路，就是在为过往车辆和人民群众提供便捷周到的服务。

欲问秋果何所累，自有春风雨潇潇。陈大海在陈家山上待过多少天，施救过多少次，被冻伤过多少回，手脚被石子划过多少道伤口，衣服被摔烂多少套，他记不清了；因为腰椎摔伤耽误了多少次治疗，因为冻成了面瘫被妻子催促了多少遍，因为罹患肝脏血管瘤让女儿哭过多少次，他也记不清了。他记得最清的，是小时候当红军的爷爷教给他的歌曲；他记得最清的，是陈家山的冰雪什么时候到来；他记得最清的，是陈家山有多少道弯多少道坡多少处险。

后来，陈大海几乎忽略了冒着生命危险挺进汶川救援的事，忽略了十年监管工作的苦和累。但是，有一座姓陈的山，他却忘不了，经常在睡梦中梦见。这座与自己恰好同“姓”的山，成为一名警察生命的地标。

（原载《人民公安》2016 年第 18、19 期）

用心捂热一方土地

夏晓露

我不怕黑夜也不怕孤单
只怕没有你笑容在身边
有你的日子　相互依恋
守护着我们的誓言
……

每当听到这首《爱是永远》的歌，心便会有一条情感的河流涌动，在鲁院学习的日子一天一天像流沙在深秋和寒冬的北京流过。而思想的时间表却在每节课堂穿行，像一根无影的针在悄悄地挖掘内心的激流，又像一把青铜色的小锁不经意把文学的精髓锁定在公安作家灵魂深处。文学理论的教学犹如一片白云飘动的湛蓝天空，而社会实践却给了我们无限辽阔的土地，我们是行走在天地间的文学人。

午后的阳光打在古镇那三五个青春年少的脸庞，沿街是岁月铸成的青石板路和木门青瓦房，我走在光影照耀的小街上听到他们在声声歌唱。两岸边的乌桕，小河中的乌篷船，小狗与夕阳，老人和古树，瓦屋和红灯笼，渔夫和村妇，野花和杨柳……在水的倒影中，在闪烁的光波里舞动，仿佛所有的物象都镶着日光的笑，这是一幅流泻和顺的水墨，我的心渗出一种阳光的感动。

我的思想带着南粤初春的葱茏奔赴一场在江南心与心的约会，这是来自祖国各地五十位公安作家在浙江省杭州、绍兴、湖州等地进行社会实践与实地警务的相约。

有一种声音可以穿透你的血液，有一种声音可以温暖你的双眼，而有一种声音却能在你的思想留下刻痕回响终生。我在这里听到了一种让你肃然起敬的回响："我的生命属于文学，我的文学属于人民。"这是全国公安文联主席祝春林掷地有声的话，把我们带进作家责任的领空。

我来自于人民我要还归于大地，这是一种使命和召唤。

青柳上眉梢，烟雨听飞花，二月的风刮动江南的雨，我在南浔古镇追忆古老时光，翻动那一章章故事。我静静地坐在小桥上，清风徐徐，迎面拂过我凌乱的思绪，太湖的水、绍兴的鲁迅、兰亭的故事、南浔的桥、吉安的竹风卷残云般把我的思想占领。最后我对风景说，你们只能成为我故事的背景音乐，我要寻找我故事的主角，直到用文字扎根，直到用记忆封存。

我挂着微型单反相机，恨不能把这里的每片瓦、每滴水、每一个眼神捕捉。此刻，我用文学的心嗅到百间楼和谐的炊烟，我用文字的眼睛搜索到"警务广场"实体平台，我以一个民警的身份与马长林、郭春华、王永年、裘力彬进行心灵的对话。这些是我想说的故事，湖州的天空永远流动着春潮，每个人都享受到盛夏般的暖意，这篇故事永远流传不会结束。

与我相约的浙江湖州位于太湖南岸，沾满了水灵的气息。西部是丘陵地带，东部是水乡河网地域。我与湖州正约在二月的春风里，空气中还氤氲潮湿，她身上有漂亮的雨，有含蓄的雾，有灵动的山，有柔媚的水……

故事的主角在我文学的天空开始丰满起来。而此刻记忆崩出全国公安文联副主席武和平闪电一样的语言："作家要写一部延长自己生命力的作品"。由此，我想到我们的警务合作共同体，想到了警察精神。是的，我们如何用行动书写一部延长警察精神生命的史书？在湖州我领悟到一种警察精神的深度、宽度和长度。湖州的"民意导向型"警务是全国公安机关践行党的群众路线教育实践活动的样板，是新时期的"枫桥经验"。"用民意领跑警务，让警务领跑民生"的承诺像风雪之夜挂在路口的红灯笼，时刻暖着匆忙赶路的行人。这里的民警又用行动把这个诺言诠释：站在老百姓喊得到的地方，像流动的太阳去捂热老百姓的心窝，捂热一方土地。

我在细碎的阳光下，在春雨绵绵的夜晚，翻动一章章故事，翻看一行行档案：

王法金，湖州吴兴区公安分局月河派出所副所长兼文苑派出所社区民警。他推出的"黄手帕工程"，以解决无业人员"饭碗"问题；实施了"朝霞工程"，以挽救失足青少年；发明了"六位代码出租屋管理法"……

我看见王法金像精灵一般在水乡来来回回，在夜深人静、在清晨、在雷电交加的时刻，他用永远的微笑点缀着两岸水乡的景色；他用昼夜把"点子警察"标注成了他的符号；他用天边的云锦剪一角黄昏，把"黄手帕"摇动成他的安心工程：在迂回难辨的青石小径/在绿柳絮语的早晨/在小街沉寂的深夜/太阳不眠/在河岸/在水上人家/在孤寡的心里/开出一团团暖黄色的抚慰。

春雨在绵绵地下着，湖州开发区分局杨家埠派出所罗师庄社区民警马长林向我们走来，他平凡的笑容、平凡的问候、平凡的步履如日月星辰、春夏秋冬掠过社区，如大雁飞过天空不留痕迹。正如太阳只穿一件朴素的光衣，白云却披了灿烂的裙裾。我穿一身红衣与身穿警服的马长林合影交谈，这正是一个公安作家用心去感悟

“平民警官”的大好机会。我坐在马长林的办公桌前，脑海里是他捧着心，用脚走在社区蜿蜒的小路上，身后踏出一条和谐路的情景。人们称他是穿警服的保姆，而他却说，被别人需要是一件很幸福的事。每当说到这些，他憨厚的脸就会笑出晚霞的红，却透着不容置疑的坚韧。

曾经有人说过，音乐是神奇的，在湖州我听到了用灵魂来演奏的曲子。一曲曲旋律像来自天籁的声音，飘洒得山清水秀，像喝了酒的岁月把太湖之州浸透得分外妖娆，为一方百姓演奏着柔情，把平安和谐的乐章镀进这里的一草一木一时光。这就是湖州市公安局警官乐团。这是公安文化的具象体，却又展露出承载公安文化精神生命的内功。演奏家全是来自公安一线的交警、刑警、治安警……每个警种都是一枚跳动的音符，他们演奏的是内心世界汩汩流淌的情感；演奏的是水乡哗啦啦流动的月光；演奏的是警察的困难与困苦与追求与梦想与神圣与荣光；演奏的是警察的精神家园，和谐警民关系的今天和明天。

记得有人说，春天不是季节，而是内心；生命不是躯体，而是心性；人生不是岁月，而是永恒；风雨不是天象，而是锤炼；沧桑不是自然，而是经历……而湖州的民警经历了四季、经历了沧桑、经历了岁月、经历了蹉跎，用热血展露着生命价值的底蕴，把对百姓的爱一直锤炼到生命的尽头。

我的故事里还有刑警沈光明，还有百姓身边的“警务轻骑兵”，还有最美女警成伟明，还有……这里有太多太多的人和事，每一个故事都那么动人，虽然有的已经久远，可在我的记忆中还是那么清晰、那么动人，使人沉吟回味；使人想触摸内中的情怀，像触摸核心世界一段刻骨的经历。因为太多的感动，我的笔开始艰涩，成为一条漂浮的小船在古镇的运河打滑……

每棵树都会长成林，每个秋都有丰收的果实，每一季春都有花开的繁盛，所有都经历过风霜雨打。而马长林、王法金、郭春华、王永年、裘力彬等民警用云淡风轻般的心境收获一连串荣耀，他们日复一日，开垦一片润物细无声的田地，共用一个大写的爱种植。

我故事的最后还有一段有些古老的寓言要讲：有一个船夫在湍急的河水中驾驶小船，上面坐着一个哲学家。哲学家问："你学过哲学吗?"船夫说："没有"。哲学家说："那你失去了一半生命。"哲学家又问："你研究过数学吗?"船夫说："没有。"哲学家说："那你失去了一半以上的生命。"哲学家刚说完这句话，风就把小船吹翻了，哲学家和船夫两个人都落入水中。于是，船夫喊道："你会游泳吗?"哲学家说："不会。"船夫说："那你失去了整个生命。"

理论带给我们的是思想的生命，而生活的实践却给了我们生命，我们作家要与大地一起呼吸，才能拥有创作的生命。

我们不仅要做哲学家还要做一个船夫。

走在湖州的山水中，领略警察的情怀。我们带着鲁迅文学院给我们的魔杖开始行走，而在湖州找到船夫驾驭河流的双桨开始人生实践。

（原载"中国公安文学精选网"2016 年 6 月 2 日）

做你近旁的一棵杜鹃

徐振江

题记：美丽的贵州百里杜鹃风景区，当年红军长征经过的地方。贺龙、萧克于1936年年初率红二、六军团，曾在此进行过著名的黄家坝阻击战。景区现建有黄家坝阻击战纪念碑。如今长征精神正在这片美丽的热土扎根、传承——

七月的盛夏，我有幸走进了贵州的百里杜鹃。

我知道，走进百里杜鹃，我是为了走进一个人。

待我走进这个人之后，我才蓦然发现，其实我是走进了一棵杜鹃。

五百多平方公里的百里杜鹃，因为有蔓延百

里，铺展上百平方公里的杜鹃生长、花开而名副其实，成为地球的彩带，杜鹃的王国。尽管，我没有赶上杜鹃花开的时节，但花开过后的百里杜鹃，恰恰拓展了我的想象空间。凭高远眺，一棵又一棵的杜鹃，在山坡、在谷底、在湖边、在河畔、在路旁，甚至在微小的岩石缝隙间，就那么忠实地站立着，自信地生长着，连成一大片一大片的，以漫山遍野、气势恢宏的苍翠，伸向远方又扑面而来。这个时候，我完全相信，每一棵杜鹃都是有信念的，并且是那么无悔、坚定。

现任百里杜鹃公安局戛木派出所所长的阿江，与此多么相似，他太像一棵杜鹃了。

1

年龄仅有四十三岁，却有二十六年警龄的阿江，也算是一个老警察了。他是十七岁那年从军营步入警营的，从最基层的乡村派出所民警起步，历任过派出所的副所长、教导员和所长。因为有当边防军人时参与查缉毒品的经历，最关键的是阿江更喜欢挑战性的岗位，他主动申请辞去派出所所长的职务，甘愿到禁毒大队当一名普通的侦查员。期间，阿江曾隐姓埋名多次受组织指派打入毒贩内部，充当卧底达两年之久，出生入死提供了大量情报，据此破获了多起特大贩卖毒品案件，立下了赫赫战功。2008 年百里杜鹃公安局成立仅仅两个月，阿江就听从组织安排调到了百里杜鹃公安局刑警大队，成了一名侦查员。此后阿江被提拔担任特警大队的副大队长。2013 年百里杜鹃公安局组建戛木派出所，阿江成了戛木派出所的首任所长。八年多的光阴，随着杜鹃的花开又花落，一晃就溜走了。连阿江自己也没有弄明白，自己究竟是怎么在不知不觉间，成了百里杜鹃的“俘虏”的，并且甘愿把自己融进了百里杜鹃。

是辖区的五个行政村，三十八个村民小组，九千多口人的各族同胞，牢牢抓住了阿江的心？是清清的，也如生命跌宕起伏般流淌的米底河，紧紧牵住了阿江的魂？是那棵上千年仍在开花迎春的杜鹃花王，深深地系住了阿江的肝？还是大片大片的杜鹃林，热热地连上了阿江的情？这些，是又似乎不是，不是又似乎是，抑或全部都是。痴痴的阿江，几乎捧出了自己的全部，包括刚强的和柔软的。

那个因喝酒过量致死的老伯，那个被米底河的洪水冲走的大哥，他们的家属找到派出所，阿江总是耐心地宽慰家属们的心，同他们一起心疼，甚至同他们一起流泪，不厌其烦地帮他们处理善后事宜。

针对发生的多起村民耕牛被盗案，阿江如此着急，感到特别内疚，吃不好睡不好，亲自带领民警不分昼夜地巡逻、蹲点、盘查、走访。失主们看到辛苦的阿江，反倒安慰起了王旅江这个警察。案件终于相继告破，看到村民们领回失而复得的耕牛，阿江感到特别的欣慰，像孩子般地欢呼雀跃。

中塘村的老杨不会忘记，他家最值钱的东西——一头耕牛被盗了。老杨是凌晨两点多钟发现并报案的，让老杨没有想到的是，阿江带领民警一路寻踪追击，用了不到三个小时就破获此案。这么短的时间，耕牛就回到了自己的手中，老杨自此逢人便夸阿江，神，太神了！

那个彝族大娘由于没有户口，合作医疗报不了，阿江下乡得知这个情况后，就多次来到大娘家中调查了解，终于为老人家补办了户口。当阿江把户口本送到大娘手中时，看到颤巍巍的老人，不知怎的，阿江的眼里竟盈满了泪花。阿江想起了自己的母亲，尽管母亲已经病逝多年了。眼前这个老人，多么像自己的母亲。

每年杜鹃花开的时节，随着游客的大量涌入，也成了阿江和派出所民警们最忙碌最累的一段时间。疏导交通、景区巡逻、接受游客的求助等，让患有腰椎间盘突出症的阿江，连做理疗的功夫都没有，只好坚持着，再坚持着。游客们在陶醉美景的同时，也在享受着景区秩序的井然与安定。然而不知他们是否留意了一个叫阿江的民警，在用一颗热热的心为他们服务着，以至无暇照顾八十多岁患病的父亲。

2

阿江曾有一个多么完整幸福的家呀。他与美丽的彝族妻子，生育了一个可爱的女儿。他那么爱着他们，甜蜜的感觉，甚至延续到他的梦里。假如没有十年前那几次卧底，美丽的妻子一定不会离开他的，可爱的女儿一定在他的身旁缠着他，那个幸福的家也一定还在。也许这个世界最残酷的就是不能假如，如今这一切都离他远去了，再也回不来了。

因为在毒贩内部卧底长时间不回家，且又不能和家里说明真实情况，最后导致妻子猜疑，提出了离婚。一边是组织交代给自己尚待完成的任务，一边是妻子离婚的最后通牒，何去何从？最后，阿江还是选择了继续去完成任务。他流着泪对妻子说："我不能给你幸福，我同意和你离婚，我唯一的请求就是你替我照顾好女儿，照顾好自己。我对不起你们，真的对不起……" 2006 年 4 月，妻子和阿江正式办理了离婚手续，并带走了唯一的女儿。阿江把所有的家庭财产都留给了妻子，不但自己净身出户，还主动承担女儿的抚养费和学费，直到女儿长大成人。这一年，女儿八岁，阿江三十二岁。如今十年过去了，妻子再嫁，女儿也已经十八岁了，可是阿江仍然单身。莫非他还在驻守着这份感情？莫非他用这样的方式在惩罚自己？阿江在向我讲述这些的时候，他流泪了，以至哽咽。他说他隔一段时间就要去看女儿，尽管女儿对他很冷漠，但越是这样他就越觉得对不起女儿。

阿江拼命地去工作，好让自己变成一部高速运转的机器，好忘记一切。派出所的各项工作也因此成绩斐然，走在了前列。派出所就是阿江的家，阿江既是家长也是兄长，他关心这个家里的一切。他和民警们一起到三公里远的地方去拉水吃，他亲自动手做可口的饭菜，看他们香甜地吃，他感到特别的安慰。

其实阿江是很苦的，很苦的阿江又能怎样呢？他又能对谁诉说这些呢？好在这里有大片大片的杜鹃林，有上千年的杜鹃花王，有那条日夜流淌不息的米底河，有岁岁年年花开花落的杜鹃花海，还有一座座山一道道岭，这些都是阿江所用心守护的，也陪伴着阿江。这时候的阿江，真的很幸福。

3

传说杜鹃花是在杜鹃鸟的一声声啼叫之中才被呼唤绽放的。那么百里杜鹃的每一次盛大的杜鹃花开，得需要多少只这痴情鸟儿的声声啼叫，才会铺山盖岭地竞相怒放?

此时的百里杜鹃，就这样幻化开来：千朵万朵亿朵无数朵，绽放追着绽放，绚丽赶着绚丽，一波接着一波，汇成了杜鹃花的海洋，渲染出了壮美的河山。

这壮美的河山呀，阿江如此甘愿又无悔地坚守着，做你近旁的一棵杜鹃!（文中主人公为化名）

（原载《人民公安报·剑兰周刊》2016 年 12 月 2 日）

感恩命运的馈赠

李佳琪

舞台上响起汪峰的歌曲《飞得更高》的旋律，大家都竖起了耳朵等待歌手一展歌喉，突然一声尖锐的碰撞声，音乐戛然而止。正在大家心中疑惑的时候，灯光亮起，一群黑帽墨镜穿着时尚的舞者亮相在观众眼前，伴随着动感的音乐他们舞动开来，动作娴熟配合得当，虽没有托马斯回旋的高难度动作，但他们的表演同样获得了观众的阵阵喝彩与掌声。因为从他们亮相的那一刻起，大家就知道他们的演出是值得尊重和喝彩的，他们演出的意义已经超出了艺术的范畴，因为这群舞者都是坐在轮椅上的肢残人。

看着这群特殊的舞者在台上起舞，最大的感受就是“震撼”与“敬佩”。他们虽然没有双腿，但这丝毫没有影响他们的表演。在承受了那么大的打击后，他们仍能重新振作起来组建队伍把最美的笑容与舞姿呈现给观众，他们并没有因为身体的缺陷而放弃对美好生活的追求，他们以阳光的心态去接受生命给予的考验，他们用自信自强耕耘着一片属于自己的幸福花园，他们是最美的舞者。

反观当下的部分年轻人，他们身处喧嚣的都市，钢筋混凝土浇筑的大楼阻碍了他们最基本的天性，马路上飞驰的汽车和瞬息万变的社会让他们应接不暇，发达的媒体上的新闻报道不断刷新他们的三观，他们浮躁的心一直不能平静下来，并且无处安放，对社会漠不关心，对家人冷漠亲情搁浅，对生命无敬畏之心，对生活没有目标与希望，浑浑噩噩漫无目的地在时间跑道上行走，他们虽没有身体方面的缺陷，但是从身心健康的维度去考量，他们是病态的。他们从小在温室环境中长大，步入社会后遇到一丁点儿的挫折就认为世界对其不公，于是爬楼顶站桥头，以死亡的形式抒发心中的苦闷与忧愁。

当然，作为年轻队伍中的一分子，我也有上述的问题。从警伊始我对陌生的警营生活是抵触排斥的，经过一段时间的磨合适应之后，又开始抱怨，错误地把自己去横向与同一批特招的同学比较，抱怨自己命运不好，被安排在最辛苦的派出所工作，加班熬夜家常便饭，睡个好觉都是奢侈的愿望，而我无力改变只能咬牙承受命运的安排，这种状态一直没有太大的改观。后来再加上突如其来的情感打击，那时我感觉跌入了人生低谷，不喜欢与人沟通交流，把自己封闭起来不敢面对现实，一度想要落发为僧遁入空门，后经好友的劝说我暂缓了这一计划，但是这个“结”在我心中一直没有解开。

演出结束，轮椅上的最美舞者退场，观众席上再次响起雷鸣般的掌声，这掌声代表着莫大的鼓励与敬畏。回到宿舍，我看着窗前凋谢的鲜花陷入沉思，她用飘零的花瓣告诉世界，她曾经来过，在属于她的季节里，她展现最美的姿态去装扮世界，为蜜蜂送去佳酿，为春风送去馨香。秋号响起，岁月雕琢风采不再，但即使花瓣落尘香消枝败，她也要傲立风中挺直腰板，从容面对生死轮回。人生又何尝不是如此呢？一季灿烂的花开不就是这多彩的人生吗？

人的五指虽长短不一，但各有优劣，就算和别人不一样，我也是一道亮丽的风景线。做不了太阳就做星星，用自己微弱的光芒点缀夜空；做不了大树就做小草，以自己的绿色装点希望，悟透自己悦纳自己。每个人身上都有自己独特的闪光点，用阳光的心态去感受世界做最好的自己，何必去和别人比较活在他们的阴影下呢？

轮椅舞者的演出让我备受震撼，从他们身上我也明白了许多。打开心结放下抱怨，把生活中每次遇到的困难都看成是心灵的旅程，尝尽世间百态人生才会饱满丰盈，每次磨难都是命运最好的馈赠。

（原载《人民公安报》2016 年）

除夕夜，值班室的电话

苏　岩

几十年的从警生涯，除夕夜在派出所值班备勤已习以为常。守候在值班室内，看着安静的电话，环视四壁，默默地为祖国人民阖家团圆祈福，为林区平安和谐祈福。“丁零零”，这时电话铃声响起，我快速接起电话：“您好！这里是第一派出所，请问……妈妈！”是千里之外八十岁的老母亲打来的问候电话，我听着母亲的嘱托，眼泪不知不觉掉了下来。

五十多岁的我，仍然被父母惦记着，想起这些我心里充满歉疚。如今，老父亲重病卧床生活不能自理，我又因工作在身，不能时时在病床前尽孝。特别是年节的时候，在基层派出所工作的民警更无暇分身。每每接到老家的来电，我内心就有了一份担忧和焦急。

接到母亲的电话，我急忙询问父亲的病况，母亲告诉我好好值班，好好吃饭，注意身体，爸爸有她照顾，不用我惦记。母亲轻松的话语让我悬着的心踏实了许多。其实我知道，一个八十岁的老太太，侍候一个卧病在床生活不能自理的老人是多么不容易啊。但母亲始终坚强面对我们，传递着她对待生活的坚定信念。当然，也是母亲的这种品格和爱一直激励我在繁忙的工作里和曲折的人生道路上努力前行。

放下电话，我心潮澎湃，思绪万千。想想自己为什么眷恋这份工作，为什么不辞辛苦坚守在大兴安岭？我想，那是因为我已深深爱上这神圣的森林公安事业，深深爱上这片青山绿水，这片热土。人说自古忠孝难两全，从人民警察工作实践中更可以得出新的理解，我们舍小家为大家，用我们的青春、热血让绿色林海更加繁茂，让森林资源及野生动植物资源更加充盈，让北方重要生态屏障更加安全和谐稳定，就是对祖国最大的忠诚，对家最好的报答。

此时此刻，作为一名普通的森林公安民警，静静地守候在值班备勤的岗位上，守护着林区的平安，我顿时觉得有股暖流在身体里涌动，心中充满了自豪感和荣誉感。

（原载《林海日报》2016 年 3 月 1 日）

鞋

周　然

这是一双普通的鞋，破旧灰暗，还有几处刮伤，像一位饱经沧桑的老人。如果细看，这双不起眼的鞋子也有特殊的地方——这是一双军用鞋。它穿在他的脚上，穿着它……

曾几何时，他犹为健壮的青年，光鲜亮丽，从营房到街头，从基层到政府，步伐匆匆，矫健活跃。

在艰苦的沙场，他挥洒汗水，见证官兵的点滴成长；在教育的讲堂，他深入浅出，强化官兵的政治思想；在低矮的平房，他送去物资，温暖人间的严寒辛酸；在救援的险境，他上山下海，没有一丝的慌乱紧张；在危急的火场，他急速奔驰，银色的水龙喷薄昂扬；在施工的现场，他解说法规，头顶的国徽熠熠闪光；在喧哗的街头，他播撒平安，繁华的人流熙熙攘攘。

2008 年 5 月 12 日，人们永远不会忘记那场灾难，在救援的日日夜夜里，他吃不好，睡不好，无形的压力重重压在心头，急速的脚步往复于救援现场。突然，总指挥部下令："建筑有二次倒塌危险，所有人员立即撤出！"他没有回头，也没有停下脚步，脑中只有一个声音："快些，再快些！"直到两名战友拖住他，死死地摁住他，他感觉呼吸困难，内心快要崩溃，情急之下只能用力一跪，声嘶力竭："让我进去，我还能再救一个！"

在繁华的城镇，在偏远的山谷，哪里需要，哪里就有他的身影。不需要你认识，也不需要你报答，他无处不在，从不留名。他大隐于市，也小隐于宅，在欢腾的节日，家人早已习惯只闻其声——那伴随着喧嚣爆竹的开朗笑声。

2012 年 11 月 8 日，那天是休假开始的第一天，他换了便装，笑呵呵地走出营门。急促的电铃声突然响起，工业园区发生火灾！他没有丝毫犹豫，着装登车。头顶是乌云压城，脚下是泡沫如雪，前一分钟，眼睛被烟熏火燎，涕泪横流。后一分钟，汗透的衣服被冷风一激，瑟瑟发抖。中午十二点，刚刚结束战斗的他疲惫不堪，匆匆吃了两口饭，准备稍作休息离营还家，然而刚刚换了衣服，再次接到出动命令……

他的生活永远是一半一半，水一半，火一半，话说了一半，饭吃了一半，澡洗了一半，觉睡了一半。幸福家庭的背后是妻子和父母的理解与付出。忠孝难全，他骄傲一半，愧疚一半。

头顶晨星，肩披晚霞，他就这样一直走着，一路高歌。他践行着誓言，一次次危难及时平息；他履行着职责，一幢幢大楼拔地而起；他送去了情谊，一位位老人喜笑颜开；他实现着承诺，一个个家庭幸福安定。

2016 年 7 月 20 日，这是他值得纪念的日子。这一天，镇江市政府化工灾害事故现役专业救援队挂牌成立了。在过去的一百八十多个日日夜夜，他会同应急办、经信委、安监局深入调研、反复论证。从队站建设、日常训练、装备采购到后勤保障，每一个环节都拿出了详尽的方案。他的辛苦努力得到了市委市政府的充分认可和大力支持，经过半年的紧张筹备，现役专业救援队终于挂牌运行。

四季交替，青丝白发，整洁的鞋面饱受时光侵蚀，变得松弛，原本厚实的鞋底也快磨穿，将要脱落……回首一生，已不知走了多少个长征的里程，却从未离开自己的岗位，信息化、大数据、安全体系、科技创新，一次次攻坚克难，队伍在发展前行的长征路上屡获突破。

他苦，也累，但从不孤单：在部队发展的瓶颈，有政府送来的建设资金；在危化品事故一线，有资深专家的献策随行；在育人成才的短板，有学校、社区的鼎力相助；在查改隐患的现场，有行业、单位的理解支持；在残破的废墟旁边，有为他临时搭建的帐篷；在饥渴不堪的时候，有群众送来的新鲜瓜果。

鱼之于水，水之于鱼。他像是茫茫人海中的一尾游鱼，生于水，长于水，在时间的长流中化为一朵浪花，欢腾着，跳跃着，慢慢消散着。而他的足迹，化为了春光，化为了冬雪，融进了祖国的山河，融进了你我的点滴梦中。

（原载《金山》2016 年第 10 期）

在格萨尔故乡续写英雄史诗

杨素宏

2014 年 11 月 3 日，由公安部和中央电视台联合主办的第五届“我最喜爱的人民警察”评选活动结果在武汉揭晓。四川省甘孜州德格县公安局白垭派出所副所长朱晓军荣膺“我最喜爱的人民警察”特别奖，同时被人力资源社会保障部、公安部授予“全国公安系统二级英雄模范”荣誉称号……

作为最先赴德格县白垭乡考察并采访朱晓军的我来说，在获得这个消息时，我感到由衷的高兴，立即给正在颁奖现场的朱晓军发去祝贺短信。因为我觉得，朱晓军受此荣誉，当之无愧！

朱晓军 2009 年 2 月入警，从自贡老家来到德格县白垭乡派出所工作。2011 年 11 月，由于工作出色，县公安局任命他为白垭乡派出所副所长。这些年来，他凭着一双铁脚板和一辆旧汽车，走遍了辖区的每一个村庄和每一座牧场。在他的努力下，白垭乡连续六年无重大刑事、治安案件，无火灾和责任事故。2012年12月，31岁的朱晓军被省公安厅授予“藏区优秀派出所所长”的荣誉称号，并荣记个人二等功……

初识朱晓军

2012年国庆节刚过，单位领导就安排我赴甘孜高原雀儿山下金沙江边的德格县考察白垭乡派出所副所长朱晓军。命题是：“看看朱晓军工作怎么样？辖区藏族群众对朱晓军如何评价？”

命题虽然简单，但富有特定的深刻社会意义。

在藏区工作，如果藏族老百姓不满意你，你还能待得下去？朱晓军不但待下了，而且一待就是好多年，跟辖区百姓成了“藏汉一家亲”的亲戚。

受领任务后，我和省公安厅队建处副处长贾艳武等一行四人于10月8日一早启程，在翻越二郎山、折多山和海拔6000多米、终年积雪的雀儿山，走完近千公里的行程之后，于第三天下午到达与西藏隔金沙江相望的海拔3200多米的甘孜藏族自治州德格县白垭乡派出所，见到了被当地藏族百姓称为“哈尼”（兄弟）和“拨”（儿子）的白垭乡派出所副所长朱晓军。

见到朱晓军之前，德格县公安局给了我一份朱晓军的事迹材料，使我对朱晓军有了初步了解。看材料时，我整理了26条考察思路和采访提纲，基本上涵盖了他在白垭乡工作生活的方方面面，形成了其先进事迹材料的基本框架。

顺着这个思路，我在白垭乡同朱晓军共同生活工作了整整四天。

于是，一个朴实憨厚、活泼可爱、兢兢业业、亲民爱民的派出所所长呈现在我的眼前，他生动感人的工作和生活促使我写下这些文字，告诉人们一个亲民所长的许多故事……

那天，朱晓军带着我和贾艳武副处长等走进白垭乡冷茶村，来到村民根秋曲措家院外。正在院内整理草垛子的根秋曲措大娘见到朱晓军和我们，扯起嗓门儿就呼喊起来：“拨（儿子）——拨（儿子）——”朱晓军也用藏话回答她：“阿斯（阿妈），嘎阿提（您好）!”然后向她介绍说：“这是省公安厅来的领导，专门来看您了!”

寒暄之后，我们应根秋曲措大娘的邀请，依次爬着一根独木梯子上到二楼走进她的家。大娘的汉语说得不好，只能听懂简单的几句常用语，再往下交流，就得说藏语。但这难不住朱晓军：“阿婆，你家围墙的事先不着急，等我忙完这阵子，就来帮你砌……”深秋的金沙江边，一会儿太阳火辣辣让人晒得遭不住，一会儿下起倾盆大雨让人眼睛睁不开，高原气候变化无常，可白垭乡的七个村子村民们的事，朱晓军顶烈日冒风雨，一家不拉地走访了解，该帮的帮，该办的办。常年奔波在高原烈日下的他，黝黑的脸庞明显挂上了两片发紫蜕皮的“高原红”……

攻克语言障碍的朱晓军

听到朱晓军用一口流利的藏语与藏族群众交流，不知情者会以为他是当地人。其实，今年34岁的朱晓军是个地地道道的汉族人，他生长在千年盐都自贡市。

2009年，朱晓军通过公务员招录考试，被录用为德格县公安局民警。作为新警，他被分配到德格县白垭乡派出所工作。说是派出所，其实就相当于内地的一个警务室——所里只有三个人：老所长、他和工勤呷绒泽仁。而老所长因为工作需要在他来到派出所不久就调走了，于是，就剩下他这个新来的正式民警和工勤呷绒泽仁。实际上，初入警营的新警朱晓军成了派出所里集所长、民警、内勤于一身的“全能民警”……派出所辖区共七个行政村2300多口人，面积近200平方公里，平均海拔3800多米，工作任务不可谓不重，他磨破好几双鞋才走完整个辖区……起初，朱晓军与藏族群众之间无法沟通交流，更谈不上开展工作，跟群众打招呼，就是四目相对，点头微笑。

“这样下去可不行啊！”朱晓军思忖着：在藏区工作，不懂藏语就是睁眼瞎，必须尽快学会藏语。他给自己定下了学习目标。

工作经验可以在干中学，语言也可以在干中学。为了尽快熟悉辖区治安情况，掌握社情民意和做好人口管理工作，朱晓军在语言不通、人员不熟的情况下，拜一起工作的工勤呷绒泽仁师傅为师苦学藏语。实际工作中，呷绒泽仁师傅既是朱晓军的搭档，又是向导兼翻译。他俩形影不离，一起下村，一起工作。在呷绒泽仁的帮助下，朱晓军很快学会了简单的常用藏语，并在最短的时间内，把辖区的七个村庄走了个遍——徒步行走在平均海拔3800多米的崎岖山路上，其中有的村庄海拔达4500多米，还有个茶安村距派出所60多公里。走访中，朱晓军随身带着笔记本电脑和照相机，记录了无数的数据，拍摄了众多的照片，精确地绘制出了白垭乡辖区每个村落的地形图和人口分布图。

初尝语言交流障碍带来的不便和学会藏语所带来的益处后，朱晓军决定系统地学习一下藏语。为此，他与白垭乡中心小学的校长商量，可否到教室里做一名旁听生？校长答应了他的要求。

于是，朱晓军空闲时便走进教室与孩子们一起听课，并在课间与同学们搭话。孩子们很新奇：一个身高比他们高出大半截的警察叔叔坐到教室里听课，这在白垭学校是从来没有过的事。下课后，孩子们好奇地围着朱晓军，叽里呱啦地同他交谈。朱晓军说汉语时，孩子们能听懂一些，而他说藏语时，由于发音不标准，孩子们都哈哈大笑。就在这样的逐渐磨合中，朱晓军很快学会了30个藏语字母和日常问候对话。

正当朱晓军信心满满时，班主任老师却突然委婉地告诉他不要再来教室里听课了，有什么需要可以单独跟老师学习。朱晓军不明原委，向校长打听才知道由于对朱晓军的“好奇”，孩子们上课经常走神，影响了学习成绩。

不能因为自己而影响了孩子们的学习，朱晓军决定“退学”。他想，进不了学校的小教室，就进村子这个大教室。他像往常一样，一边和藏族群众交朋友，一边向他们请教学习藏语，他随身带着两个笔记本，一个是工作上用的，另一个专门用于学习藏语。他在本子上用汉语密密麻麻地记录着藏语语音，还逐一作注释，标明每个汉字对应的藏语语音和意思，并反复练习。久而久之，朱晓军能和藏族群众简单交谈了。

有一次，朱晓军在学习一句藏语时，发现一句话有三种不同的说法，他就去找藏文老师求教。老师告诉他，藏语语言十分丰富，同样一句话，语气语境不同，所表示的含义也不同。经过老师指点，朱晓军发现自己平时学习的藏语有许多是群众跟他开玩笑的，故意教他说另外的意思。这下朱晓军认识到，是自己在向群众学习时不够专心，个别年轻人为了逗他玩儿才没认真教他的。为了掌握藏族语言的准确含义，朱晓军托朋友从康定买来了《藏语 2000 句》自学，慢慢地掌握了标准的发音方法。

被朱晓军喊作“阿斯”的根秋曲措大娘，家距离派出所最近，且懂得藏汉双语，于是成了朱晓军学习藏语最贴心的“老师”。老人的儿子洛丹外出打工，家里缺少男劳力，朱晓军一有空就去根秋曲措家求教，顺便帮助老人干家务活儿。勤劳朴实的朱晓军赢得了根秋曲措一家人的信任和尊重，对朱晓军学习藏语给予尽可能的帮助。老人有时还主动到派出所串门，教朱晓军说藏话，向他介绍藏族风俗习惯。

“经过半年多刻苦努力，我基本上能听懂当地藏语的意思，并能同藏族农牧民群众进行简单的交流了。”朱晓军说，“语言障碍克服了，工作起来方便多了。”

用脚步丈量信念的朱晓军

“公安工作不能有半点马虎，缺少了吃苦耐劳和真抓实干的精神，谈不上为人民群众服务，脚踏实地做好本职工作才是硬道理。”朱晓军说这句话时，流露出自然而平静的表情。

2010 年 8 月，老所长调走后，县公安局领导决定由朱晓军代理所长工作。朱晓军欣然受命并立下了“军令状”：绝不辜负组织上的信任，若做不好工作，愿意接受组织任何处分。

朱晓军明白，经过一年多的工作，自己虽然对全乡七个村500多户村民2300多人口有了基本了解，对进出村庄的道路及各村的地界、牧场也已经心中有数，但如何做到更有效管理，防止各种事故案件和纠纷的发生，还需要下一番苦功夫。

为了准确实时掌握辖区动态变化情况，他把绘制好的辖区地形图和人口分布表多次进行全面勘察核实订正。为了准确掌握每一户家庭人口和房屋建筑结构、坐落处的详细资料，他有时要反复多次，直到核对无误才录入电脑并进行备份。对于一些同名或同音的名字，朱晓军更是从不马虎，每次登记完之后，都要反复核实后才予以采录。每天晚上从村里返回派出所后，他必将当天采集的资料逐一录入电脑存档，几乎每次都要干到凌晨三四点钟，而第二天一早又出发前往下一个村庄。

要说走得最辛苦的，还是离派出所最远的茶安村。茶安村距派出所有60多公里，而且全是陡峭的山路，下雨时泥泞不堪，坡道辗转迂回，汽车走不了，只能骑摩托车上去。在三个多月的时间里，朱晓军上山下村的足迹遍布辖区七个村落515户村民的家，行程达320多公里，最终完成了全乡人口分布信息和房屋结构及地形图资料采集工作，为制作《白垭乡治安管理动态系统》奠定了坚实的基础。

现在，只要一打开派出所的办公电脑，你就能看到，全乡每户房屋的正面照片、居住人员姓名、身份证号码……各类信息和各自编号一应俱全，这便是朱晓军创造性地开展基层公安工作所取得的成绩。“有了这些资料，可以很直观地展现出辖区内的地形和人口分布情况，这对成功处置各类案（事）件有很大的帮助作用，我可以最快速地掌握工作主动权，同时也给乡领导和县局领导作出决策提供第一手资料。”朱晓军如是说。

把白垭当故乡的朱晓军

“在白垭乡，朱晓军是我们全乡人的亲戚。”77岁的冷茶村村民尼玛拉拥说。到白垭乡工作六年多了，朱晓军用自己的智慧和真诚赢得了白垭乡干部群众的一致好评。

“心中无群众，不配当民警。这话不知是谁最先说出来的，不管它是不是有点儿喊口号的意思，但对我来说，我感觉这话是一种发自内心的呐喊。”朱晓军说，自打穿上警服的第一天，“我的心里便不敢忘记‘群众’两个字，因为我知道，没有老百姓，我就不可能当这个民警。”如今，只要朱晓军进村入寨，远远地就有村民热情招呼他进屋坐坐。他早已成为了白垭乡500多户村民的朋友和亲人。

平时一有时间，朱晓军就下村和群众打交道，从来没有以自己是管人的警察自居。在藏族群众家里，他从不嫌群众家里脏乱，有时还主动帮忙收拾整理。藏族群众有时请他吃东西，他如同对自己家里人一样接过来吃下去。藏族群众说：“朱晓军很是看得起我们藏族。”

这些年来，朱晓军与许多藏族同胞成了如胶似漆的好朋友，特别是他与白垭乡窝色村扎多的关系相当好。窝色村地处德格县与白玉县交界处，治安情况相对复杂。为解决两地村民的一些小纠纷，朱晓军经常要到窝色村去，村里的老人常称朱晓军为“拨”（儿子）、“哈尼”（兄弟），朱晓军也经常开玩笑叫村支书为“老丈人”。

白垭乡的藏族老百姓对朱晓军好，缘于朱晓军用心对待老百姓。俗话说“群众看公安，关键看破案”。朱晓军虽然从事公安工作的时间不算长，但他深谙这个道理。从2009年夏天开始，朱晓军着手清理历年积案。

2007年，白垭乡有一起价值十多万元的通信光缆被盗案，几年过去了，案子一直悬而未决。得知邻村牛场有知情人，朱晓军便带着糌粑一头扎进了牛场。“刚开始，他们对我这个陌生人爱理不理，我就给他们劈柴、放牛。”朱晓军说，40多天过去，带去的糌粑吃完了，揣的400多元钱也花光了，但他获得了线索，追回了大部分被盗光缆。之后，朱晓军连续作战，一鼓作气拿下了几件盗窃案。

“朱所长来到我们白垭乡，是我们白垭人的福气啊！”村民们由衷地赞美朱晓军。

2011 年春节前，朱晓军刚回到自贡老家准备过春节，就接到白垭村民电话说村里出事了。朱晓军连夜赶回德格，于除夕前一天赶到了村民家里解决了纠纷，让村民过上了一个开心温暖的新年。从那以后，朱晓再没有回家过过春节。“高原情况特殊，担心自己一走又出问题。”朱晓军把心拴在了白垭，也嵌进了当地百姓的心中。

还有一件事让村民们难以忘怀。那是 2012 年 6 月 7 日，窝色村村民卢天利在白玉县河坡乡麦学村被村民洛绒等六人误伤后，双方对赔偿问题分歧很大，协商多次都没达成统一意见。了解情况后，朱晓军没有因为案子不是发生在自己辖区袖手旁观，而是三番五次联系河坡乡派出所民警一起协助调解。20 多天的时间里，他动之以情，晓之以理，说之以法，终于说服对方为卢天利赔偿了两万元医药和治疗费。拿到赔偿款的卢天利万分感激，逢人便说朱晓军所长好。

2014 年年初，朱晓军打算兑现对家里的承诺，申请调回老家照顾家人。闻讯后，村民们纷纷挽留。想了几天后，朱晓军放弃了调离的想法，“能干的时候就好好干吧，这里的百姓早已把我当成了亲人，这里就是我的家，那在这里干上一辈子警察又有什么不可以的呢?”

至今，我与朱晓军仍然保持着电话和短信联系，他每次到成都，也都要到我办公室来坐坐，交流工作上的经验和感受。

写到这里，我忽然想起 2012 年 10 月 15 日，我在采访考察朱晓军结束离开白垭乡时，朱晓军在车边跟我道别。望着他透着高原红的脸庞，我不由得生出依依惜别的感动之情，即兴作了一首打油诗《寄民警朱晓军》赠送给他。这里就把这首诗当作此文的结尾吧：

雀儿山下一民警，
何甘做个苦行僧？
白垭七村百姓爱，
自贡小伙朱晓军。

（原载“中国公安文学精选网”2016 年 12 月 28 日）

二、多彩的梦想

信仰与忠诚

朱建平

十月的雨，淅淅沥沥，无休无止。

雨，让我不得不静下浮躁的心，消化、体会、感受、领略红色金寨的特有魅力。

金寨，是安徽省面积最大、人口最多的山区县，也是中国第二大将军县，被誉为“红军的摇篮、将军的故乡”，是著名的革命老区。到金寨，是参加全国公安文学座谈会。正好，公安部在金寨举办全国公安机关党性教育专题培训班，我们一起参加座谈会的同学也有幸进了培训班。从红军广场到汤家汇，从汤家汇到南溪镇，从革命烈士纪念塔到葛藤山公安烈士墓。短短的三天时间，我瞻仰了一处又一处的红色遗迹。“一寸山河一寸血，一抔热土一抔魂。”在这块红色的土地上，红色的印记在这里处处可感、可见。每走一步，都是对我灵魂的神圣洗礼。

身为警察，在众多的红色印记中，我对大革命时期的“赤南县保卫局”（现在公安局的前身）的历史印象特别深刻。

赤南县保卫局和红军医院的旧址同在一处，陪同讲解的金寨县委党校的老师在讲解了红军医院的历史和一些革命英烈的英勇事迹后，专门给我们介绍了赤南县保卫局局长沈仲华的事迹。1929 年 5 月，金寨爆发著名的“立夏节”起义，沈仲华任乡苏维埃委员、妇女主席兼少先队中队长。她带领宣传队以各种形式宣传党和红军的政策，向群众讲解革命的道理，动员青少年参加红军、赤卫队和少先队，还带头动员未婚夫徐其恩参加赤卫队及红军，动员弟弟参加少先队和红军。同年冬，任商城县三区妇女主席，参加区委并任区苏维埃执委，负责掌管全区“打土豪”所得钱粮财物，且主动谢绝分给她家的救济物资。1930 年春，沈仲华任赤南县保卫局副局长兼审讯部部长，分工审理女犯案件。在审案过程中，她不轻信口供，注重实据，还把那些土豪劣绅贿赂她的钱财全部上交充公。1931 年年底，苏区“肃反”扩大化，她设法抵制“肃反”路线错误倾向，冒着生命危险，保护战友和无辜蒙冤的同志。1935 年 9 月下旬，她不幸被捕，被押送到吴家店，遭到敌人的威逼利诱和侮辱，但她没有屈服，反而乘敌人的一个副官不备之际，夺其所佩刺刀将他刺死。敌人对她用尽酷刑，她始终坚贞不屈，最终被枪杀，年仅 24 岁。

在聆听之余，我突然想到了我的两位同事。那是 2001 年夏季的一个晚上，这位同事在巡逻的时候，接到群众报警，称在一家酒店的房间里，有人在吸毒。接警后，他在呼叫战友支援的同时，为了不贻误战机，迅速带着一名协警前去检查。结果，在对其中一名嫌疑人员进行询问时，突遭另一名嫌疑人员的袭击，腹部被刺一刀，咽喉被刺一刀。而当他从昏迷中醒来，面对前来慰问的局长，竟然说了一句：“局长，我还能干公安工作。”听了这话，我的眼泪“刷”地一下流了下来。局长也是过了好长时间，才说出慰问的话。

后来，他伤愈出院上班了，我找了个机会悄悄问他，你当初怎么想着和局长说那样的话？他说，我是脱口而出，从没想过很多，我只是怕局领导因为我受伤，让我离开心爱的公安岗位。还有一位同事，坐大巴车去杭州看望住院治疗的妻子。大巴车行到半途，车上一名旅客的钱包被偷。凭着职业的敏感，他很快锁定了嫌疑人。结果，在抓捕嫌疑人的时候，被嫌疑人用刀刺伤头部，最后他和妻子一起住进了医院。事后，他在接受记者采访时说，没想那么多，一切都是本能。

回到驻地，我打开手机，想查询一下支撑无数革命先烈的精神支柱是什么。百度很快给了我答案：信仰与忠诚。“信仰”指对某种主张、主义、宗教或某人某物的信奉和尊敬，并把它作为自己行动的指南或榜样。“忠诚”就是对党、国家、人民绝对忠诚、绝对纯洁、绝对可靠的政治本色和政治品质，思想上始终与党中央保持高度一致，对事业和同事战友的忠诚忠实，代表着诚信、尽职和服从。

确实如此，能让沈仲华在战友“蒙冤”时设法保护，在敌人威逼利诱严刑酷害中坚贞不屈的强大精神支柱，就是信仰与忠诚。正是因为有了坚定的信仰，才造就了她对中国共产党和人民解放事业的无比忠诚。在当今时时有流血，天天有牺牲的人民公安队伍中，我的战友在发现违法犯罪行为和群众利益受损的时候，“本能”地挺身而出，毫无畏惧，正是因为他们和无数的革命先烈一样，有信仰，有忠诚，有担当。因为信仰，铸就了对党的忠诚，对人民的忠诚，对公安事业的忠诚。

（原载“中国公安文学精选网”2016 年 12 月 12 日）

一匹不知疲倦的战马

张玉波

每次去伊犁，最吸引我的就是辽阔草原上那些意气风发驰骋着的骏马。一匹匹四蹄翻腾，长鬃飞扬，宛如暴风雨中勃然奋飞的海燕；仰天长啸，那动人肺腑的马嘶响彻云霄，气势如虹。如果四面八方涌出一片马群，海潮般势不可挡，凝成一个整体，飞快地向前推进，必定是一幅奔腾的美、力量的美交织在一起的奇异画面，看得人随之心潮澎湃。

在伊犁见了几名公安先进模范典型人物，了解了他们的事迹后，我突然觉得他们就像一群在无垠的草原上威武驰骋、势不可挡的骏马。当然，魏君（化名）更像这群骏马中的千里马，他四蹄腾空，如风，如电，强健，威武。

面庞黝黑，个子不高，声调柔和，但不拘言笑，目光坚毅，站在魏英锐的面前，你很快就能感觉到他那不怒自威的内在。试想，如果是犯罪分子在他面前，该会有怎样的震慑？

和他聊他的禁毒工作，聊他那些与毒贩惊心动魄的较量，我想不出在我面前的这个语调平静、其貌不扬的人怎么会有如此的智慧、力量和坚毅！

跟踪和秘密调查犯罪嫌疑人，是公安侦查人员的硬功夫。一天两天可能不成问题，可跨越几千公里，异地几十天跟踪，且不打草惊蛇，可能就很难了。这是机智、忍耐、缜密、困苦的心智与体力的较量。

元月的云南，春寒料峭。瑞丽市公共汽车站人流穿梭，人声鼎沸。几双猎隼般的眼睛牢牢地盯在目标身上，在川流不息的人群中，他们身轻如燕，左右腾挪，或急或缓。你难以想象这些从新疆草原来的猎鹰，在异地他乡克服了多少困难，一步步接近目标。突然，魏君低声郑重地发出命令：抓捕！几个战友以迅雷不及掩耳之势，刹那间按倒了在公共复杂场所交易毒品的毒枭，当场缴获海洛因毒品千余克。抓捕、收缴、带离，一切来得那么突然，去得也那么迅疾，让人们还没有醒过神来就无影无踪。

战马的特质除了坚韧就是迅猛。从审讯得知贩毒集团更大的交易将要在异地进行，这些家伙是要给魏君们一个措手不及。风云突变，那就随势而行。不吃不喝，不休不息，开始长途奔袭。在昆明市一个叫日新村的旮旯里，神兵突降，毒贩几经挣扎束手就擒，一举缴获海洛因近20公斤。

除恶须务尽，战斗尚未期。把毒贩押解回新疆，魏君隐隐感到这个贩毒团伙并没有被彻底摧毁，决心誓与凶顽斗到底。于是，他家也不回，一头扎到看守所搞审讯。同时，认真分析周密部署，多次东进展开纵深侦查。几个月后的四月，终于侦查到贩毒集团受到重创后不甘心失败，妄想把失去的损失夺回来，准备再度将大量毒品海洛因从云南瑞丽运往昆明再转至广州贩卖。魏君决定再次带领民警奔赴云南，实施抓捕。临行前，为了确保万无一失，他反复组织讨论，不放过每一个细节，进行模拟推演抓捕。

五月的一天到达云南后，魏君带领民警克服困难，经过多次跟踪、摸排和守候，于昆明市官渡区小石坝将涉嫌运输毒品海洛因的毒贩抓获。次日，在昆明市关南大道将另一名毒贩抓获。六月，他带领民警先后多次来往于广州、昆明等地，最终在云南省昆明市将涉嫌运输毒品的大毒贩抓获。三场战斗毒贩无一人漏网，现场缴获了大量的交易毒品。

人是抓住了，毒品也缴获了，怎么押解回新疆成了难题。这么重要的犯罪嫌疑人，这么大价值的毒品，怎能不诱惑那些丧心病狂的毒贩？既要保证人货安全，还要防止贩毒集团的反扑，这样的押解怎么能不危险不困难？他们设想了很多方案，都不尽如人意。飞机押解，目标大，手续繁杂；火车押解，目标大，时间较长，这两种形式都不太安全。最后，魏君反复衡量，一锤定音：汽车押解。

从云南昆明到新疆伊犁，五千里之遥，这样大风险的长途押解，需要怎样的体力和心力的支撑？没有退路，说走就走。魏君带领民警押解嫌疑人行驶在前，另一辆押解车紧随其后，两车相互照应，驶出云南昆明。为了确保安全，他们在押解途中坚持不休息、不停留，饿了就啃事先准备好的 30 多个干馕，渴了就喝冰凉的矿泉水，克服重重困难，历经八天的长途奔波，终于安全抵达伊犁，顺利完成了押解任务，保证了人员和毒品的安全。

至此，魏君带领民警三赴云南，先后破获四起毒品案件，共缴获海洛因 37 公斤，破获一起公安部目标案件；抓获犯罪嫌疑人六人，其中两人被公安部列为 2014 年七大毒犯，悬赏抓捕，有力地打击了毒品犯罪。

这半年，魏君和战友就像一匹和一群不知疲倦的战马，昂首冲锋，驰骋在千里缉毒线上。

男儿胸怀为家国。作为缉毒大队长，魏君在这个既危险又光荣的岗位上，一干就是 15 载。他和他的战友先后破获毒品案件 140 余起，抓获涉嫌贩卖毒品的犯罪嫌疑人 170 余人，缴获毒品海洛因

47 公斤。2011 年首次在伊犁破获一起由霍尔果斯海关直接入境的特大走私“金新月”毒品案，缴获毒品海洛因 984 克；2013 年破获全疆最大的一起非法买卖毒品原植物种子案件，缴获大麻种子 4100 千克，大麻油 10 千克。他的缉毒生涯异彩纷呈，取得了辉煌战果，他兑现了最初对那枚熠熠闪光的警徽的庄严承诺。

这 15 年，魏君就像一匹不知疲倦的战马，忠心赤胆，嗷嗷奋蹄，纵横驰骋于无数次的刀光剑影之中。

自古忠孝难两全。这样一个常年在刀尖上行走的工作，给家人的担心和压力是可想而知的。在我们不忍心但又不得不问的时候，她上初中的女儿饱含深情地说，每次爸爸去执行任务，我和妈妈都彻夜难眠，但知道爸爸的工作性质很特殊，也不敢多打电话，只能把担心和思念留在心里，默默忍受着。等到爸爸安全回到家，我很想依偎在爸爸的身边和他说说话，但爸爸每次回来后都是带着倦怠的神情倒在床上便睡了。我舍不得打扰他……

孩子的话，打湿了我的眼眶，面对这么一个懂事坚强的孩子，我们还能再提的出什么问题呢？

我面前这个平静叙述的男人，无疑是个硬汉子。在我们即将告别的时候，他还在说，穿上这身警服，就要履行好这份责任。我们战斗在一线的缉毒警察面对的往往是狡猾而又凶残的贩毒分子，在这些生死的较量中，不仅要靠沉着的勇气，而且还必须要有过人的胆识、敏捷的反应和超越的智慧。贩毒分子都是些亡命之徒，他们都有黑道上的信条，一旦事情败露就会拼死一搏。所以，和他们进行斗争的时候，就必须要把生死置之度外，否则，你就完成不了自己的任务。

这番话掷地有声。此时，我突然想起了电影《智取威虎山》中的杨子荣，他之所以在众匪首面前大义凛然地取得了胜利，除了他有过人的胆识外，还有超常的智慧，才能在敌人面前游刃有余。魏君何尝不是这样的英雄？我们的缉毒警察经常面对的也是险恶重重的斗争，他们总是冒着生命危险在和狡猾凶残的犯罪分子斗智斗勇。

魏君，你是草原上一匹不知疲惫的战马，在打击犯罪的道路上勇往直前。

（原载“中国公安文学精选网”2016 年 9 月 27 日）

留一盏灯温暖他人

朱东锷

雨后的傍晚，潮湿、闷热。

向大门站岗的战友回礼后，我走出广州市公安局大门，随着步履匆匆的人潮在地铁站穿行，被拥挤的人群推拥着挤进地铁车厢。列车缓缓启动，我习惯地环视周围，有穿着校服拿着书本或试卷在默读的，有疲倦地倚着车厢闭目养神的，有旁若无人与身边的同伴言谈说笑的，更多的是低头刷屏的、玩儿游戏的。我把目光投向车门与车窗之间的电视。

屏幕上刚切换一则广告：夜色深深，窗户里一盏盏明亮的灯光相继熄灭了，街道上一片漆黑。一辆垃圾车停放在路边，劳累了一天的一对环卫工人老两口在旁边坐下，老伯掏出了带来的馒头，黑暗中却不小心把装着菜的瓶子打碎了。他们背后的楼上，一位温柔贤淑的女主人哄女儿睡着后，打开阳台灯来到阳台上收衣服，灯光正好照亮了老两口歇息的地方。老伯大口地吃着馒头，老太太怜爱地说："先慢慢吃，我还带了点儿菜呢。知道你喜欢吃辣椒，我就放了点儿辣椒。"老伯夹了一箸咸菜就着馒头吃得津津有味，幸福洋溢。这时，楼上的男主人回来了，发现阳台上的灯还亮着，边问妻子边走过去要关灯。妻子轻轻地将丈夫拉到阳台，指了指那对老人，镜头拉远，定格在阳台的灯光和这对依偎着的老人身上……一行文字徐徐展开：善行无迹，留一盏灯温暖他人。

这是社会主义核心价值观——"善行无迹"系列的一个公益广告。

我想起了中央电视台曾播出过的一个相似的广告：一个老大爷为深夜穿过狭窄胡同晚归的小姑娘亮着一盏灯，照亮小姑娘回家的路。灯光昏黄，却足以照亮那段黑暗的路途；灯光蒙蒙，却是那样温暖身心。小时候，家里用的就是这样的电灯泡，瓦数小，灯光昏黄，却温暖、温馨。那时候，停电是常事，手电筒、蜡烛、煤油灯就成了我们的眼睛。烛光里、煤油灯下，我手不释卷地沉浸在连环画里；一支手电筒、一根蜡烛、一块洁净的玻璃和一本连环画，我们模拟着播放电影；躺在床上看着跳动的烛光听母亲讲故事和传说；用雪花膏盒子或万金油盒子盛装融化的烛泪或蜡丸，中间放一截小绵绳或小绵团做灯芯，自制的小蜡灯曾带给我们多少的快乐！一灯如豆，却充满了温暖和温情。

有光明的地方，就有人类历史。钻燧取火与简单石器的使用，使人类逐渐摆脱了茹毛饮血的蛮荒时代，向着人类文明的发展迈出第一步。岁月悠悠，从火把到粗糙的石灯再到青铜灯，从陶瓷灯到蜡烛到煤油灯到煤气灯再到电灯，灯具的变迁，是人类文明、社会经济和文化发展的缩影。

有人说：灯，是人间的第二个月亮。灯带来光明，驱散黑暗，给人温暖；灯是希望，给人力量；灯是美好，给人憧憬；灯是方向，指引迷途。在火柴的光芒中，小女孩在奶奶的怀抱中快乐地

“飞翔”；为了让孩子们能够在电灯底下学习，高举着燃烧的图书为部队照亮前进方向的郝副营长，长眠在茂密的沙柳丛里；一盏小桔灯点亮一颗迷茫的心；每天晚上，勒安德尔在彼岸火把的指引下，游过达达尼亚海峡，游向心爱的赫洛……

也有人说：灯，是世俗的眼睛。这眼睛映像着城市的流光溢彩、繁华喧闹。灯红酒绿、五光十色、富丽堂皇、纸醉金迷，灯光，照着社会以金钱为尊的功利和浮躁，有多少的灵魂在灯红酒绿衣香鬓影中沉醉和迷失。再美的七彩霓虹、再美轮美奂的灯光却照不到那些真正需要灯光的地方：漆黑的涵洞，黑洞洞的矿道，以及深山里和贫瘠土地上那一双双渴求知识的眼睛。再辉煌再璀璨的灯饰，粉饰不了触目惊心的腐化——令人发指的食品安全和日渐消失的河流，以及日益恶劣的气候环境；也粉饰不了越来越荒芜的精神，越来越多的拍案惊奇和那些隐秘的人心里的幽暗和丑陋。灯灭了，可以再点亮，但心灵的灯灭了，又由谁来点亮？

还有人说：灯，是一朵心花，散发着玫瑰的芬芳。有这样一个故事：禅师见盲人晚上一手拄着导盲杖一手提着灯笼踯躅而行，心中不解，就问：“你又看不见，打啥灯笼？”盲人说：“夜里行走，人们都看不到路。有了灯笼，虽然我看不见，但别人能看到路。”禅师喜：“原来你是为了众人点灯。”盲人说：“其实我也是为自己点灯，因为点了灯，在黑夜里别人才看得见我，不会撞到我。”禅师顿悟：予人玫瑰，手有余香。帮助别人就是帮助自己啊！

走出地铁，已是万家灯火。一辆红蓝灯光交替闪烁的巡逻警车从我身边驰过。白天黑夜，红蓝交映的灯光不仅给魑魅魍魉以震慑，给困难求助者以希望和依靠，给夜归人以安慰和温暖，更是我们的一份承诺和守护，无论何时，无论风霜雨雪，我们在这里，我们守护着这一方安宁和谐。

“灯火万家城四畔，星河一道水中央。”坚守，只为万家灯火的祥和。每一张慈祥的笑脸，每一次充满爱心的帮助都散发着一种人性的光芒，点亮心灯，每个人都能发出赶走黑暗的光辉。“吾日三省吾身”，清净内心的尘垢，用善良、信任和爱心，用真善美点亮心灯，让社会处处盛开真善美之花。但愿，黑夜里，不灭的灯盏如迢迢银河上的星光一样，闪烁不停，恒久照耀。

善行无迹，留一盏灯温暖他人，用爱照亮世界。

（原载《南方法制报》2016年6月15日）

咫尺亲情

万艾东

我印象中的鲁西南大平原，阴翳的天气很少，阳光总是暖暖的。有了阳光的温情，一切生命都勃发着生机。

这是一个清明时节，正是细雨如烟，莺飞草长，田野一片新绿。我站在这个村头的河岸上，沐浴着暖暖的阳光，居高俯看着这个村庄。新开辟的街道将村庄划得四四方方，点缀着不少很洋气的小楼房，从上到下都贴着各色瓷砖，显得富丽堂皇。在我尽情欣赏景致时，却有几间赭黄的茅草屋映入我的眼帘。

濯枝润叶、沁人肺腑的阳光，洒在这个清冷的农家小院，让一切都显得脏乱不堪。茅草屋里冒出微弱的炊烟，在雨雾的禁锢下，久久升腾不去。低矮的屋门里，迎面是一根支撑墙面的木柱，半面土墙已摇摇欲坠。几块土砖砌成的灶堂里，潮湿的柴火冒出呛人的黑烟。一位老人蜷缩在锅灶前，一手端着一碗稀粥，一手哆嗦着拨弄着柴火。

老人双鬓如雪，穿着对襟土布衣褂，那一张苍老干瘦的脸上，深深铭刻着岁月的沧桑。她佝偻的腰背随着咳嗽声，会整个儿剧烈地颤动。但那浑浊的眼睛里，却分明透露着一种渴盼。在她背后，土墙上贴着一张大大的“福”字，一张矮桌上摆着几块生冷的鱼肉。吃罢简单的午饭，她蹒跚着腿脚，踱到房门前，用手撑起眼罩，踮起脚尖向远处眺望，嘴里嗫嚅着，像不知又在牵挂着哪个儿孙。

在处处透着新绿的景致里，这儿的一切却都是赭黄色的。茅草屋、床铺、地面，还有老人的脸庞，甚至包括院里的几株老槐树，都笼罩在一种令人窒息的赭黄里。在欢声笑语中，不时飘来饭菜的浓香，虽是近在咫尺，却仿佛天地之遥。

听朋友讲，老人本是儿孙满堂，应享天伦之乐，却立灶独居，因当地流行一种“隔代不养”的陋习。在许多农村，儿孙会将年迈长辈遗忘在荒宅孤院里，仅付出稍许衣食供给，而让其自生自灭。有许多老人辛苦一生，晚年儿孙满堂，却独享清苦，艰难地维持生计，在孤寂和落寞中辞别人世。

这片紧靠黄河故道的土地，人们涉足仅有数百年的历史。在黄河的肆虐下，老人或是她的父辈、祖辈们，在废墟和苦难里繁衍生息。可是，如今她们老了，孱弱的双肩已担不起重负，干瘪的乳头里已挤不出任何的乳汁。她们如同风中飘荡的落叶一样，竟也预测不了明天的流程。

院里的老槐树在轻述远逝的过去，虽是春风吹拂，也许再也无法绽出新绿。她已疮痍累累，枯枝萧条，静待在岁月中悄然倒地。尽管在她的不远处，她蔓延出的新生命已在披起新绿，正生机勃勃。

生命之间本是链环相连、休戚与共，任何生命都是高贵而不可漠视的。人类的生命脆弱而敏感，分外地注重于情感，而以血缘亲情群居一齐。世上许多事情，并非尽善尽美，有一种关爱，有一种慰藉，有一种理解，就已足矣。当人情和世理愈来愈被金钱和权势迷惑的时候，人与人之间的情感愈来愈冷漠。在富足和祥和的土壤里，还会滋生愚昧和偏见，在亲情里融入虚伪和秘密的成分。

伸出我们的手掌吧！看一看随着岁月磨砺而日渐模糊的生命线。可亲可敬的老人呀！当年，您们的手掌，就是我们生命所依的脊梁。而今，使您们日渐窒息的孤独，却来自于我们的手掌。您们就喘息在掌缝下渗漏的阳光里，就生存在褪色的亲情里呀！

（原载“中国公安文学精选网”2016年6月24日）

以我寸心伴诗旅

逯春生

今日寒露。蹬车之时，望一眼窗外，初雪落在故乡的土地，想起了几年前自己的一句诗："我要赶在落雪之前离开故乡"。

这几年，我就是这样，在风雨霜雪中行走，一次次离乡，又一次次归乡；这么多年，我的生活就是这样，在诗意中奔忙，寻找一条诗心之旅。

每一位诗人都有自己诗歌的原点。有人从这个原点出发，更多的人是在路上寻找这个原点。故乡，是我创作的起点。我从八岁离开养育我的那个东北小山村，就无数次试图回去，找童年的河湾，看青青的原野，在内心不断地回味那百鸟鸣和、春风媚人的黑土地、白桦林和一望无际的青纱帐。野炊，夜渔，冬季的上午趴在晶莹的冰河与水中的鱼儿对话……然而，每一次回乡，又每一次失望。是的，失望。

童年远去，童年的伙伴也渐渐长大了，没有人会陪你在夕阳下发呆，他们在忙碌着各自艰辛的生活。但，不知为什么，多少次梦中醒来，放不下的还是那条小河，那河边的小路，那路上匆匆行走的人们。

于是，我为自己的思念找到了一个寄托，就有了第一次在一本杂志上发表的第一首诗《冰花》。

诗歌是那么美好。在林边伴着晨光诵读冰心的《繁星》《春水》，在夜晚捧读《大堰河，我的保姆》，那些简单的烦恼，对于诗歌而言，甚至已经不值得一提了。必须承认，很多诗人是为躲避那些烦恼而又陷入诗海的。这大体是许多六零后写诗人的行走路线。

诗歌，让乡情更为绵密，让诗人更为多情。诗人就是故乡放飞的风筝，飞得越远，内心的丝线就越长。“夜正酣眠/谁在小巷深处/喊我的乳名/杨花开了/柳絮落了/檐下的那个燕窝/温暖着我的童年……”故乡之思，是我很多年诗歌的一条主线。诗评家李犁先生说我的诗，“核心永远是亲人和故乡”，他说，我是“用诗找到了回家的路”。对此，我是从内心敬佩和认同的。

1997 年，我有幸投身警营。这一次并不华丽的转身，让我的诗歌找到了一条新的出路。每天接触到各类案件，时常能看到案件背后的故事，尤其是我与巡警一同夜巡，我和刑警一同到犯罪现场，与落网者面对面相互审视。在人性的善与恶的交锋中，我体悟到，生活中其实并非只有暖暖的乡情，更有贪婪的冷酷和愚昧的麻醉；不但有胜利者荣光的花环，更多的是抵御凶险的苦痛中那近乎绝望的挣扎。我曾亲眼看到，和犯罪较量了数夜之后，倒在病中的年轻的生命无情地凋零；我也看到从绝壁之旅中，如困兽奔跑的逃亡。

警察生活是无上光荣的，但更多的是舍身肉搏的厮杀。当好一名警察，不但要有足够的智慧和忠心虎胆，更要有比普通人更为充沛的体力。他们真的很了不起，也真的不容易。

诗歌，应该为警察补充体力，用全国公安文联副主席张策先生的话说，“让诗歌成为我们的另一颗心脏”。

有幸成为一名警察，但说句良心话，我是愧对这个职业的，因为，自从跨入警界，我还没有破过一起案件，没有抓过一名罪犯。我能做的，只有文字，做得自信一点的，只是诗歌。

扪心自问，我还不是一个真正的诗人，起码还不是一个成熟的诗人，但我的兄弟说，我是一个警察诗人，我很自豪，我认为，这是他们对我发自内心的褒奖。为在生死边缘奔走的兄弟写诗，是我的另一种行走方式。于是，2015 年，为纪念任长霞同志牺牲一周年，我昼夜难眠，创作了长诗《春天，我们在寻找一位女人的身影》。写完这首诗之后，我在内心许了一个愿，如果能获奖，我一定要去河南，到任长霞的墓前看她。结果，此诗获得了全国一等奖，我也于当年来到了河南登封，站在了烈士墓前。

生活在警营，每天都浸泡在情感的波浪中，尽管在这个地方是不允许放任情感的。在一个遥远的城市，当我得知我的一位老哥哥张国森在退休的当夜猝然离世后，我怎么也无法抑制泪水，长歌伴着低泣，写完了《老张你别走》，“小兴安岭的达子香/就要开了/老张　突然走了/悲泪簌簌滚落/伤痛猝不及防/你怎么舍得呀/忍心看我在遥远的城市/为你哭泣啊/老张大哥……”他是我们的亲人，我们的诗笔怎能不为他流淌，无法言说的悲伤？

当我们读懂了他们的悲伤，诗歌自然有了悲悯的情怀。在他们面前，技巧和现代似乎不是最重要的，没有情感的诗，对于他们是多么的苍白无力。这个世界没有灵魂的诗人可有可无，但人民警察却不能没有灵魂。

我在路上，探寻，用一支笔，试图探寻警察的灵魂。2010 年，惊悉全国公安二级英模王江逝去，我创作了长诗《写给王江》，此诗入选《公安记忆》诗集；2013 年，创作了组诗《多彩的姿态或者我的兄弟姐妹》，尝试着从普通人的视角观照不同警种的警察的别样人生；2015 年，创作了近五百行共二十首的长诗《一汪泉水，流向古老的人心》，从一位普通民警的成长历程，折射具象中的警魂，这些诗，都在一定范围内有了些许的反响。

写大事件、大人物的小细节，写小细节、小人物的大情怀，这是我对警察诗歌写作的一些体会。先把警察写成真实的有爹有娘有儿有女有老婆有丈夫的有血有肉的人，再去写他们之所以是“这一个”而不是“那一个”的生命轨迹。诗歌是文学的哲学，警魂是警察的行动的原点，为警察歌唱，是每一位诗人的光荣。

我热盼着，警营诗歌的繁荣，但我深知自己的笨拙。感谢命运垂青，我有幸参加了鲁迅文学院公安作家班，完成了一次诗歌朝圣之旅。

我热爱着，思考着，行走着，也见证着。

2013 年，我与公安诗人翟营文、许敏共同策划，并自筹经费出版了《中国当代公安诗人大展》一书，完成了一次公安诗人的集结；2014 年，全国公安诗歌诗词学会成立后，我又在领导和朋友支持下，创办了会刊《剑胆琴心》诗刊，公安诗人终于有了自己的创作园地；2015 年，也正是怀着一颗诗心，我远赴北京，有幸在全国公安文联工作，协助领导出版了《琴剑诗系·全国公安实力派诗人丛书》，参加了首届全国公安诗歌研讨会，见证了中国公安诗歌这一具有里程碑意义的盛事，创作了首届中国公安诗歌奖颁奖晚会主题歌词《祖国在上》。

在祖国这片诗歌沃土上，中国公安诗歌这片茂密的诗林正传来阵阵松涛。

没有什么比这让一位热爱诗歌的人更欣喜的事了。

作为一名警察，能为自己那些用生命来担当的兄弟歌唱，虽为寸心，也算是不负这，未见漫长的人生之旅了。

且行且珍惜，路其实还很远。

（原载《人民公安报》2016 年 10 月 14 日）

作别金寨

李　阳

十月底的大别山区秋意渐浓，细雨曼妙，轻舞飞扬，夹裹着微风迎面温柔相拥，犹若给面颊敷上一层湿润的薄雾。

金寨坐落在群山坳中，被朦胧的雨雾笼罩着，丰腴绰约。极目远眺，环绕着金寨高高低低的远山，被深深浅浅的墨翠碧绿点缀着，半山腰处云雾缭绕，山顶隐匿于厚重的云层之中，就像一群遮盖着面纱的姑娘，让人看不清楚她们美丽的容貌。无数溪流从大别山深处款款流出，汇合成一条玉带般的史河，宁静沉着，蜿蜒着穿过金寨向远方奔去。

金寨的空气是湿润的，街道房屋是湿润的，树木花草是湿润的，绿草丛中星星点点的就像一把把小伞的白色蘑菇，也是湿润的；沿着红军广场湿润的台阶拾级而上，心情和脚步同样是湿润和滞重的。

静默伫立在革命烈士纪念塔碑前，仰视着“燎原星火”四个鎏金大字，我们神情肃穆，悲痛难抑；看着一张张年轻烈士的照片和画像，那一双双清澈坚定的眼睛，隔着历史的厚重岁月，与我们深情相望；一组组雪白的名字，如夜幕上的繁星，镌刻在黑色的大理石上，熠熠生辉，而每一个名字都是一位为了新中国取得最后胜利而献出生命的金寨英烈，上至耄耋老人下至刚刚出生的婴儿，回望历史时令人肃然起敬。深深鞠躬在葛藤山公安烈士无字墓碑下，我们仿佛聆听到一百四十多位公安先烈在1948年发出生命中最后的咆哮和呐喊！伫立着无字碑的山脚下，长满葛藤的蜿蜒山路两侧，夹道聚集着一群群老区的人民群众，他们面带纯朴的微笑，冲着我们鼓掌、挥手、召唤……这画面一下子把我们拉回到八十年前，那时的大别山人对红军队伍一定也是如此依依不舍……满含热泪挥手作别，公安先烈牺牲精神的传承，直至今日依旧神圣，作为新世纪的人民卫士，必将这种精神世世代代继续传承下去。

曾经金戈铁马波澜壮阔的革命历史，伴随着脑海里渐次嘹亮的冲锋号角，跌跌撞撞，步履铿锵，跨越刺骨的冰河，跨越血雨腥风，跨越千千万万金寨人倒下的身躯，跨越八十年的历程，带着金寨遍地的桂花馨香迎面扑来！历史与现在，我们和先烈，跨越时光的隧道，在金寨相遇交汇，相知相融。

压抑着悲恸的心律深呼吸，盘旋于革命老区的湿润空气，从干涸的咽喉直抵每个瞻仰者的心田，又化作一股股清流从我们湿润的眼眶里一次次喷涌而出，滴落在脚下这片被苍松翠柏覆盖的湿润的热土之中。

十万金寨人的流血牺牲，使这里的每一寸土地都被十万烈士的一滴滴热血浸透，这里的每一抔黄土都埋葬着一个坚贞不渝的忠魂。大地不语青山呜咽，飞扬的细雨是苍天无法抑制的泪水，与我们眼里的悲伤汇合在一起，默默无声地流淌着……

轻踏着金寨的每一寸土地，屏住呼吸，不想惊醒已经熟睡的每一位英烈；轻抚金寨的每一棵绿草和每一朵鲜花，都祝愿它四季常青花开不败，陪伴着每一个忠魂。

追昔抚今，我们不禁深思：今天的幸福生活从哪里来？作为公安历史的记录者和公安文学的写作者，我们应该做些什么？怎样以更高的文化自觉为公安战线的战友们放歌？这些问题，似乎都在金寨找到了答案。

我们怀着虔诚的朝圣之心而来，我们满载着坚定的理想信念和红色信仰踏上归途。对于每一名公安战士而言，这是人生中最为重要的寻根之旅，这是一场彻头彻尾的灵魂洗礼，这是对公安队伍的一次铸魂和淬火。

我们在金寨集结，又从金寨出发。相聚时是一簇燃烧的烈焰，散是满天的温暖星光，撒在祖国的四面八方，以星星之火之力燎原神州大地！

金寨金寨，作别飘香的桂花，作别霏霏的细雨，此去一别千里，山高水长，这并不意味着别离。归途的行囊里装满金寨赋予的精神财富，我们会将它们化作无穷的营养动力，在未来的征途中汲取着稳步前行。

金寨金寨，此生与你血脉相通，你是我们的红色精神家园，无论是远离千里还是相隔经年，必将魂牵梦绕，永不分离。

挥手难舍离情，心雨连绵不断。再见金寨，大别山；再见英烈，无字碑！再见桂花，史河水；再见葛藤，映山红……

（原载《人民公安报》2016 年 12 月 2 日）

大河湾

初日春

（一）

上了年岁的人，总是感觉睡不足，奇怪的是，每天睡得很早，第二天天还不亮就会醒来。老牛头也不例外，他觉得这样也好，可以借着清晨的光景，赶在太阳没爬到山头之前，到地里干一阵子农活。

老牛头住在半山腰，有一亩多地在大河湾的边上，黄河在那里拐了弯儿，现在被人称作“天下第一湾”。他站在窑洞口，打眼一看，那片地就在脚下，顺着山路往那里走，不远也不近，也就一袋烟的工夫。老牛头自己也搞不明白，为什么对这片地情有独钟，许是因为它挨着黄河，不缺水。他把气力都下在了这片地上，即便是碰上发大水的年景，冲了庄稼，他也不觉得亏。街坊邻居都说他古怪，但他就是管不住自己。

这不，天刚蒙蒙亮，老牛头就披上了衣服，从荷包里捏出烟丝，摁在烟袋锅里，点上。烟火一明一灭，在光影交替中，老牛头的脸显得更加沧桑。他已经八十挂零了，但他从来不服老。他用嘴衔着旱烟袋，走出窑洞，轻车熟路地找到农具，显得很利索。

老牛头最烦别人说他老，他耳聪目明，干起农活比年轻人还带劲儿，怎么就老了呢？想当年，红军在这儿的时候，自己是远近闻名的积极分子。可现在的年轻人，全都进城打工，把庄稼地给荒了，罪过。这也不要紧，问题是，一年半载才回来一趟，还要跟自己打官司。

一想到这个，老牛头就放慢了步子。

这得是去年的事儿了。邻居从城里回来秋收，把自己的两垄玉米也给收了，老牛头一看就急了，这比阎锡山手下的喽啰还可恨，明着抢。别小瞧几十斤粮食，那可是他起早贪黑的收成，说是自己的命根子也毫不夸张。老牛头找到对方，说他们比军阀还军阀，没承想，人家也不是省油的灯，说哪穗玉米上写着你老牛头的名字啊？老牛头抡起锄头就朝对方脑袋上砸过去，如果不是那家伙躲得及时，脑瓜兴许就开瓢了。

事儿闹到了派出所，所长王保峰和副所长马文军来来回回跑了好几趟，他们帮忙协调，出了几套方案，老牛头都不满意。自家的地长和宽各多少步，当年的土地承包证上写得清清楚楚，可气的是，对方把在城里上学的儿子喊回家，那娃娃一米八几的个头，迈一步顶他一步半。老牛头可不肯吃这个哑巴亏，分地的时候，生产队长的身高也就刚够一米七，这么丈量土地，明摆着是欺负人。老牛头火冒三丈，冲派出所的人撒气，说红军东征的时候，自己没少给红军出力，到了这把年纪了，还要受欺负。也该着要出事儿，跟副所长马文军一块儿来的协警多了句嘴，说老牛头你可真是老糊涂了，你今年才八十多，红军东征是1936年，那时候你还光着屁股呢……话说了半截，被马文军用眼神制止了。真是丧天理啊，你个汗毛都没长齐的后生，敢对我指手画脚，还说我老糊涂。最关键的是，你堂堂派出所的副所长不说句公道话，还给自己的手下使眼神儿。老牛头认定派出所的人有猫腻，有意偏袒对方。他低下头，朝着协警身上拱过去，协警一躲，他摔了个大跟头。

有好事儿的邻居给他出主意，让他躺在炕上装病，他说扯淡，我老牛头明人不做暗事，不干那种见不得人的勾当。说是那么说的，虽然土地纠纷的问题解决了，但打那以后，他就开始盯着派出所的人。

（二）

这天早晨，因为比以往走得慢，老牛头在路上又给自己续了一袋烟。到了那片地，他也没像往常一样，紧接着下地干活儿。他坐在地堰上，把烟袋锅朝身边的石头上猛磕几下，直勾勾地盯着眼前的黄河。

老牛头很拗，认准了的事儿一百头牛都拉不回来，他就是想找到派出所的毛病，当然，他盯得最紧的就是副所长马文军。

说实话，在那之前，老牛头对马文军或者说整个派出所的人印象都不错。自打前山乡一成立，马文军就在这儿上班了，到今年已经有十个年头了。

平日里，街坊邻居有事儿没事儿都会给派出所的人打电话，他们知道，多数时候所长、副所长和两名协警都在乡下跑，他们会问他们哪天到村里，让自家到山里串门的亲戚搭他们的便车，更多的时候，他们会让派出所的人给他们捎东西，大到一台电视，小到一斤红糖。托他们办事儿，乡亲们放心。

过去，老牛头也让他们帮忙，但结下了冤仇，他就不再正眼看他们了。更何况，现在早就不是“点灯靠油、通讯靠吼、交通靠走”的年代了，老牛头有时会觉得那些村民没骨气，自己能办的事情干吗要指望别人？当然，凭他的水平是总结不出那“三靠”的，都是小孙子跟他说的。

小孙子在农村信用社上班，家里边出了公家人，算是老牛家的骄傲。但很长一段时间里，老牛头也不愿意搭理他，这事儿非常简单，小孙子总是为马文军说话。

老牛头本来是让孙子帮忙在外边打听马文军的过错的，可这兔崽子胳膊肘往外拐，跟他说的全是马文军的好处。老牛头不信这个邪，他从电视上看到了，这两年抓了好多占公家便宜的人。他认定马文军也会犯错误，也会出事儿。

还别说，马文军真出事儿了。

小孙子说，有天夜里，马文军抓了个带毒品的人，连夜赶到县城给毒品做鉴定，路上，遇到了车祸，马文军赔了对方十五万。老牛头说活该，丧良心的事儿干多了，自然会遭到报应。小孙子听罢，气得一跺脚，撂下句“老糊涂”，就扭头走了。

真是气人呐，连自己的孙子都说自己老糊涂，还到哪儿说理去？我老牛头身子骨硬朗，脑瓜子里明白着呢，整个前山乡七十三个小村子，就连距离最远，离自家八十多里路的那个村子，我都去过，还有什么事儿能瞒得过我？年轻的时候，我能一口气游到对岸，到陕西的地界上给红军送信。现在这些年轻人啊，忘了本了。

想到这里，老牛头长叹一口气，他觉得心里堵得慌。

（三）

老牛头站起来，又坐下，他第一次在自己的地里，不想干活儿。

说实话，现在他已经不再跟马文军怄气了，确切地说，是在昨天后半晌，他才作的这个决定。

昨天上午，对面山上冒起了浓烟，老牛头以为是加油站着火了，他抓起水桶就往那儿赶。他是个热心肠，看到谁家里有个灾难，都会伸出手帮一把，现在，他不得不承认，在这一点上，派出所的那些人跟他一样。

老牛头赶到现场时，马文军早就在那里了，是一辆大货车的车头着火了。火已经被马文军和协警灭得差不多了，他干脆把水桶往地上一撂，蹲在不远处看热闹。

手机响了好几次，马文军都没接电话，直到火全被灭了，他才躲在一边打电话。电话那头的人火气可真大啊，老牛头都能听到个大概——

咱这日子没法过了，说好了今天你送老人去看病，你说你啊，两个老人一个脑梗、一个瘫痪，我拉扯着两个孩子，容易吗？你别不吱声，我嫁给你就没过上一天好日子，老人看病欠了一屁股债，你又出个车祸，赔人家那么多，就你，一个月四千多，再加上我这五六百的工资，咱猴年马月才能还上？别人家的孩子吃香的喝辣的，咱那两个孩子跟着遭了多少罪。我告诉你马文军，别成天家忙啊忙，这地球离了谁都能转……

老牛头有一阵恍惚，马文军对着手机说了些什么，他没听到，只是听到电话那头又哭上了，说你马文军不负责任，又逞能救火，万一有个三长两短，我跟你没完！

老牛头忽然觉得自己真的是老糊涂了，他忘了自己怎么回的家，就像现在，他忘了到地里是要干活儿。

他回头瞅了一眼地里的庄稼，觉得那些庄稼都活了，跟人似的在说话，埋怨他不懂事理。他现在不想理会那些庄稼，他想找人说说话，找谁呢，对，就去派出所找马文军。

老牛头站起身来，把烟袋锅和荷包塞进兜里，冲面前的黄河吼了一嗓子，他觉得自己的声音盖过了隆隆的水声。他把家伙什儿收拾妥当，哼着信天游，往家里走。

此时，他主意已定，回到家之后，就把院子里的山杏摘下来，捎给马文军，如果他不收，我就赖在那里不走，让他管我吃喝拉撒。还有，再过两天，重孙子就要过满月了，我得请他喝喜酒，街坊邻居们谁家有红白喜事，都会请派出所的人去一趟，那样显得有面子。不过，得事先跟马文军说好，到我家炕头喝喜酒，可不许包红包，每次到村民家喝喜酒都是一百块钱的礼钱，一年下来也是一笔不小的开销。

老牛头猛然觉得自己特别傻，有意思的是，马文军他们比自己还要傻。

（四）

老牛头赶到派出所时，马文军不在，小孙子正好在那儿，他说老马一大早下乡了。他觉得有些遗憾，小孙子说没啥遗憾的，老马和王所长天天都值班，想找他们，容易。

想想也是，满肚子的话今天说不出去，就在重孙子满月酒的宴席上说，我要让乡亲们都知道，老牛头不是老糊涂，我要给马文军道歉，还要告诉所有人，红军东征那会儿没我什么事儿，我只是觉得红军好，过去说的那些都是根据老人们讲的故事编的。现在好了，不用再编故事了，派出所的人跟红军一样亲。

老牛头咧开嘴笑了，他把头扭向山底下的大河湾，黄河从那里拐了个弯儿，那些陈芝麻烂谷子的事儿也跟着拐了个弯儿，一眨眼就不见了。

（原载《法制日报》2016 年 9 月 29 日）

芥子园那些事儿

许丽晴

那天的情形一直记得：晴好的天气让周围一切都明亮起来，那只黄嘴画眉不知什么时候居然出现在窗外，出现在暗绿的榆叶丛中。它歪着头朝我对视一下，又一下。数不清的尘粒在阳光下飞舞着，漫出细碎的金沙。我鬼使神差地抓起一支铅笔，不假思索地在笔记本上描了起来。

说来自己从小是喜欢写写画画的，小学一年级第一节美术课的作业是朝阳的葵花，不知道是不是那舒展俏丽的叶瓣勾得几分像样，老师居然给了三颗星。叶瓣流畅灵动的线条自那开始常在记忆里延伸开来，细细的触角不时拨弄我稚嫩而又敏感的神经。我迷上了画画，认真请教老师后，一本正经地从新华书店买来《芥子园画传》，小心翼翼找来当地工厂半透明的绘图纸包了起来。

在那个无论精神还是物质都相对匮乏的年代，《芥子园画传》是中国画研究和学习的至尊宝典。临古是初学者的必经途径，范宽树法、倪云林树法、王维树法、刘松年杂树画法、松树画法什么的自然一一临了下来。或许是天生有几分绘画的基因吧，平素对毛笔远不如钢笔熟稔的我没有多久腕下就颇有些感觉。兴冲冲卷起作业给专业老师指教，对方果然肯定加鼓励。这下我更是热情高涨，干脆把临古作为每日一课来要求自己。毛边纸买来了，仔细对折成三十多厘米见方，上下钉好，每本厚厚一摞一百张二百页，我给自己规定每天临满两页。

参加工作了，工作热情同样高涨的我几乎天天加班，往往只能晚上 10 点多钟甚至更晚回家后才能有自己的空间。真是年轻好胜精力旺盛啊，居然每天不拉循序渐进，点、勾、皴、染，枯、湿、浓、淡，每一招式认真揣摩仔细推敲。听说文化馆办了国画培训班，我赶紧和画友一起报了名。那个画友多才多艺，写诗作曲画画无一不能来两手。培训班要求学员准备好相应的画材及写生用的画夹。当时并没有现成的画夹卖，我问咋办，他说好办，我来帮你做一个呗。三天后他就送来了，藏青布面的画夹四十公分宽六十公分高，军绿色帆布背带斜角钉在一面，有棱有角板板正正。我拎起背带挎上肩头，眼前闪过画家们旁若无人水榭林边勾抹涂染的潇洒劲儿……这就叫艺术家哎！我满心欢喜喜上眉梢，像是看到明天的自己，连声谢谢谢谢谢谢啦。日子一天天过去，一个个安静的夜晚，我守着一盏浅淡的孤灯，打开画传，翻开我的“作业本”，就在芥子园的世界里漫步、云游、对话，那些山石丛林从远古里渐行渐近，那些花鸟鱼虫从旧页中活泛起来，那些亭台楼榭在飘渺间回归真实，那些贩夫走卒的吆喝声此起彼伏……不知不觉间，临满厚厚几大本。

日子总是充满变数。没有多久，我的工作岗位由机关调整到基层一线，虽说是领导栽培厚爱有加，但毕竟频繁的值班加班几乎没有了自己；再不久结婚怀孕诸多因素，我的水墨临写之旅不知什么时候搁了下来。后来又经历几次迁徙，我一直把画传、画夹、临写本带在身边，从老家到南京，从宁夏路到湖南路，再到迴龙桥草场门，直到现在的河西聚锦园。一次搬家整理时，我用抹布把画传上的灰尘细细掸，丈夫拈出那临写本翻了又翻，情不自禁不无惋惜道："当年的你能写会画，也算才女一个哩！"我一愣，一时无语。

或许冥冥中上帝早有安排，那一天，我终于重拾画笔水墨做伴。一番翻箱倒柜，挑出伴我走过春夏秋冬的《芥子园画传》，包纸已泛黄且破损，却仍然溢出满屋墨香。我把它捧在胸前，亦如多年的故友般温暖、贴心。你来或不来，我都在这里；你好或不好，我都认你。

（原载《扬子晚报》2016 年）

书 事

刘广利

我喜欢书。有书的地方就有赏心悦目的风景。如果我说周末去逛街，指的其实就是逛书店。

说不清是何时萌生了对书的兴趣。我家不是书香门第，幼时识字尚少，有一天不知谁拿来一本残破的小人书，封皮早已脱落了，因此连书名也无从知晓；磕磕绊绊读下去，还记得里面有个女人姓柳，名叫柳叶眉，大概是由于误会，她跟人生了气跑到楼上去，一个男子随后赶来却被拒之门外，而当他离去时，一块割断的衣襟从木格子窗户里抛出来，只听柳叶眉坚决地说："……你我割袍断义！"——我从此知道世上还有"割袍断义"这回事。今天想来这极有可能是个恋爱故事，但当初让我震撼的却是主人公那象征的、诗意的表达，此后这印象一直顽固地留在脑海里。上学后，一个老师允许我阅读她为子女订的《少年文艺》和《儿童文学》，我把它们带回家，在树下读，在灶旁读，有时在院子里不知不觉读到暮色渐浓，若干年后这成了我童年记忆中最美的风景之一。

姑妈家的表哥表姐当年都是初中生，他们家常有“课外书”，我读的第一本外国小说《简·爱》就是从那儿翻到的，祝庆英译，也许是先入为主，我一直偏爱这个译本。上初三时同学借我看《穆斯林的葬礼》，我不讳言边读边哭的痴狂，那是狼狈也是幸福。读到奥立佛手捧玫瑰带着微笑在废墟中倒下，读到严教授病危时跟学生齐声朗诵“今夜我们不再一起漫游”，读到楚雁潮在新月墓前深情地奏响缠绵哀婉的小提琴曲，谁能不洒下一捧热泪呢？我猜有的人厌烦读书可能与他的阅读体验有关，糟糕的阅读体验会使人丧失阅读兴趣从而体会不到读书之乐。即使作为长篇，《穆斯林的葬礼》也有些厚得吓人，不过一旦翻开读下去，要停下来同样是艰难的。在培养阅读兴趣上我以为这书是个良好的开端。

家乡小城找不到一家像样儿的书店，即便有，书价昂贵往往少人问津。盗版书蔚为大观的书摊——间或夹杂些正版的——遂成为假日里惹我流连的去处。我曾在那儿买厚厚的盗版《三毛全集》，是无意中读到的作家传记激发了我对她的作品的兴趣。当然，先前也见过三毛的《雨季不再来》等集子，但她的代表作却是收在全集中的《撒哈拉的故事》。卖书的看准我有张天真无邪的脸，着实狠狠宰了我一把。我那时全然不知讲价的艺术，后来读到梁实秋一篇专谈讲价的文章，说善于讲价的人要有政治家的脸皮、外交家的嘴巴、杀人的胆量和钓鱼的耐心；要不动声色，故意对想要的东西表示冷漠；要无情批评，把东西褒贬得缺点百出；要狠心还价，不管价钱多少拦腰一砍云云。当下我反其道而行之，一去就告诉人家“我就是冲着这本书来的”，并且欣喜难抑爱不释手；卖主开价二十三块，我微弱的降价请求遭到断然拒绝，结末是一文不少以二十三块成交了。时过境迁这可算是我做过的最大蠢事之一。那二十三块钱是母亲卖掉一篮子鹅蛋换来的。

那些年母亲总在春天买十几只鹅雏来养，养成大白鹅上秋卖掉做我的学费。暑假里我每天出去放鹅，《红楼梦》大半是那时候读的。蓝的天，宁静的大地，鹅吃草我看书两不相妨。张爱玲和钱钟书的小说也都是那时候看的。高中的一个暑假闷在家里，索性把贾平凹的几个长篇看完，又看《水浒传》，简编的四书五经也翻翻，都是小字缩印本，合上书简直头昏眼花。没人引导，更没有选择的余地，得什么吃什么，盲目却也痛快，连琼瑶的小说也看过几本。依我看琼瑶未必毫无可取之处，只要读者在为她主题的重复和取材的狭窄感到厌倦之前放手。把她跟茅盾作比似乎有些滑稽，茅盾的《子夜》在文学史上备受推崇，但那也仅只是从文学史意义上讲，论可读性大概要输给《窗外》。康南和江雁容的爱情故事比那个什么吴荪甫辛苦恣睢发展民族工业好看得多。

读大学以后我的书多了起来，有专业书，有为满足学习需要买的，更多的是为兴趣买的。也有别人送的，《追忆似水年华》和《尤利西斯》就是。有一回一个朋友帮他们系清理资料室带回不少旧书，赠我一本冯友兰的《中国哲学简史》，礼尚往来我把一本王小波的小说送给了他。毕业时我的书几乎一本也没扔掉，全搬到了单位，一间存放杂物的办公室成了我的“藏书”室。读研后手头持续吃紧，买本书往往费尽踌躇。说来好笑，《柏拉图全集》的三、四卷是今年春天咬着牙横着心买下的，而此前已不止一次在书店里看来看去。买得最干脆的可能是送给一个朋友的“并排本”《新约圣经》。那个朋友读博时攻读拜占庭史，研习古希腊语，这书里恰好有希腊语译本，而且收录了英译本和几个有代表性的中译本。我跟他说起过，但长春找不到。我曾在吉林见过。上次去吉林，清早我便赶到北京路的基督教堂，迎接我的是个和蔼的守门人，我向他说明来意，他说：“神祝福你，孩子。”我道了谢，注意到教堂正门口一块牌子上写的字，大意是说教堂是神的居所，严禁衣冠不整、穿短裤者进入，偏巧我穿着刚及膝的短裤。于是卖书人到来时我只有踮起脚站在窗外讲话。听我说明了缘由，她说：“没关系，你又不聚会，买书而已！”还有一次是买《草叶集》。我不知为什么会突然喜欢惠特曼的诗，附近书店有一套精装本，太贵了，我一时拿不定主意，有一天竟眼睁睁看着别人把它买走了。当时是有几分失落的，谁料失之东隅收之桑榆，不久我在另一家书店看见了平装本，特别便宜，我便毫不犹豫地买下了。

一个人不能同时看很多书，不看的就被我存放在家中的小屋里。以前偶有朋友来，不管爱书不爱书的，见了都有些兴趣，这让我非常欢喜，也乐意把书借出去。就像钱只有花掉才能实现它的价值一样，书也只有在珍惜它、阅读它的人手里才有意义。但我也有些害怕。覆水难收，我怕借出去的书也难收。有个熟人借走屠格涅夫的《猎人笔记》，起初一碰面他就主动说那书该还了，时间一长竟只字不提，我又不好开口询问，只能把这事硬生生抛诸脑后。试想如果一个人借钱不还（也许是忘了）而你又不便索要，最明智的做法只能是忘掉，因为耿耿于怀最吃亏的还是自己。也许那个人不知道一个穷学生的书来之不易，他以为动辄提起一本书显得自己啰嗦也显得对方小气，其实在这件事上我很希望他把我当成小气鬼。完璧归赵重在一个“完”字，可如果归都不归，完不完也就不宜总惦记着了。

我书架上有一本又大又厚的心理学书籍，一天一个兄弟忽然心血来潮，雄赳赳气昂昂地走过来，只见他以迅雷不及掩耳之势拿出此书，落座后，头微微上扬，背稍稍后靠，四条腿的椅子他只让其中两条着地，把自己健美的双腿高高搭在桌面上保持平衡。未及说话，只听“哗啦”一声，书的封面已被他习惯性地绕过书脊卷到封底，幸好不是精装本，不然封皮一定会断裂。人说读万卷书行万里路，我读书少更不曾远走，从没见过哪个读书人以这种态势看书；那不像看书，倒像一个粗暴的典狱长虐待犯人。曾听人讲，有个儿媳打骂婆婆，做儿子的竟然躲出去，说不忍心看母亲挨打受骂。以前一直当这是个笑话，如今不忍卒视却也只有躲出去。再回来时书已归架，书底下赫然垫着一个羽毛球，我哭笑不得。

极爱《红楼梦》，痴想有一天买一大堆回来，送给每个相契的朋友。可是版本差的不要说送人，便是自己也不愿读；版本好些的价格又高得离谱，财力不逮只好作罢。假期常常泡书店，觉得有些书大有买回的必要，但也深知十有八九是束之高阁，短期内不可能翻阅。以前手里书很少，常就着低度灯泡昏黄的光读到深夜，全然忘了窗外淅沥的雨声，那是怎样一种兴味！现在书籍渐多，我却终日为俗务奔忙，即使读书也是为了完成作业，为了应付考试，为了消磨时光。我怀念那心静如水为了快乐而读书的日子。细细想来，现在买那么多书有何益呢？一个朋友说："你不宽裕，吃饭都成问题还买书，等于自杀呀。"而欲买不能的不满足感同样是种折磨。也许幸福从来不等于欲望的满足，因为欲望的满足只会引起新的欲望。是的，先哲说得对：幸福在于节制。

（原载《家园》2016 年第 1 期）

画消防

黄秋俊

你轻轻捧起画笔，全新的画笔散发陌生的香味，你知道那是画笔向你抛出的友好的眼神。你心怀感激，把画笔夹在左手食指与中指之间，托起颜料瓶，右手拇指和无名指稍一用力，扭开了同样崭新的颜料瓶的盖子。你突然感到有些紧张，用拇指拨了几下画笔的毛。像是她的秀发，笔尖的毛温柔地滑过指尖，传来一阵痒。终于，你鼓起了勇气。

绿

你首先挑起一块绿色。合情合理。他们的

眼前确实充满了绿色：绿色的迷彩服，绿色的军装。你一直以为绿色代表环保，直到看到面前的风景：绿色代表纪律和秩序，绿色还代表着速度和力量。你忽然明白，绿，就是树啊。当它成长，便会撑起一片绿荫。它的根连最坚固的岩石都能破开，它的干坚挺无比。你突然想起，一次路过，无意地抬头，就再也忘不了如树一般的军姿和那绿色的军装。你不禁低头，看了看手中的画笔。它笔挺的杆是否来自某棵同样的绿树呢？于是你把那块绿色抹得更加均匀。

黄

在画笔蘸上黄色时，你犹豫了。

黄色是那么不起眼。冬天的黄叶静静地躺在地上，脚踩上去唰唰地响。如果不是要打扫卫生，别人根本不会注意到脚下的黄色。这也和灭火战斗服上的警示带一样，一抹窄窄的黄，似乎可有可无。但你在一个夜晚明白了，这抹黄色，竟是生命的长明灯。在充满绝望的浓烟中，灭火战斗服上的黄色警示带散发出无人能忽视的光芒，如一把尖刀，刺穿黑暗与绝望。

在涂上黄色时，你紧紧握住了画笔，无比用力。

红

你谨慎地匀出了一片红色。

你对自己说，红色是有重量的颜色。看到红，你会想起血，而血又代表着生命。你无法否认生命的重量是无法衡量的。你想起了那么一群人，他们冲进火红的烈焰，与之战斗；他们上山入海，拯救生命；他们也会流血，也会受伤，但他们不会脱下那身橙红的服装。生命的重担压在他们的肩上，在危难的时刻甚至把他们压到地上，但他们总能一次次站起来，扛起肩上的重任。于是，红色成了最强盛的生命力的象征。

你轻咬着笔杆，出神地盯着那抹艳红，忽地回过神来，肃然起敬。

面前的画纸上，红与黄，绿与蓝，混合在你的笔尖，漫出了成熟和担当的虹。

（原载《人民公安报·消防周刊》2016 年 3 月 16 日）

梦想，在翰墨书香处飞翔

周春青

时光荏苒，不知不觉已步入人生的第三十六个春秋，平凡的人生变得更加淡定和从容。英国戏剧家莎士比亚曾说过：“书籍是全世界的营养品。生活里没有书籍，就好像没有阳光；智慧里没有书籍，就好像鸟儿没有翅膀。”

开始阅读，是在我小学六年级的时候。当时，三婶家翻建房屋，翻出一个牛皮箱，里面装着满满的书，大概有一百本。这是我曾经做过小学教员的已故三叔的珍藏。我当即向三婶表达了想借阅的愿望，三婶爽快地答应了。我如饥似渴地读了《林海雪原》《红岩》《青春之歌》《钢铁是怎样炼成的》等一大批经典书籍。我的文学梦想一下子被点燃了。

大学时，我就读于苏州科技大学（原苏州铁道师范学院）汉语言文学专业。学校的图书馆成了我的第二课堂。得到一本好书，熬夜也要啃完，宿舍定时熄灯，我就打着手电筒在被窝里看，还要避过巡夜的老师们。人物传记、中外小说、散文诗歌……读书，让我沉浸在文学的世界里。

路遥的《平凡的世界》对我影响最深。这是一部全景式地展现中国当代城乡社会生活的长篇小说，小说通过复杂的矛盾纠葛，生动刻画了社会各阶层普通人的形象。在小说中，人的自尊、自强与自信，人生的奋斗与拼搏、挫折与苦难，纷繁地交织在一起，读来令人荡气回肠。在我看来，它不仅是一部中国乡村史书，而且是一部杰出的励志教材，值得读者以一生的时光来阅读与品味。一个“情”字，在《平凡的世界》中被不吝笔墨地描绘着。孙少安与田润叶从小青梅竹马，却被残酷的现实之手重新安排了命运；孙少平与田晓霞的爱情之花如此纯美动人，却没有结出圆满的果实。他们的日常交往真诚而美好，让人回味无穷。这本书里，爱情是贯穿始终的线索之一，这些爱情通常没有山盟海誓，但是真切朴实、深入人心，仿佛就发生在我们身边。

散文也是我的挚爱。沈从文的散文继承传统游记的特点，素淡而灵动。借助对故乡的自然美、人情美和乡民淳朴心灵的礼赞，他表现出了特有的人文情怀与文化感受力。朱自清的散文，文字隽永、饱含真情，名篇《背影》《荷塘月色》等，让人感到阵阵暖意。

金庸的武侠小说我也常读。每一本书都有跌宕起伏的情节，每一个故事都蕴含着忠孝仁义的精神，每一个人物都是那样鲜活。《射雕英雄传》《神雕侠侣》《碧血剑》《书剑恩仇录》等一个个酣畅淋漓的侠义故事，震撼着读者的心灵，至今仍是人们心中不可替代的经典。

还有那些脍炙人口的诗歌，舒婷的《致橡树》、徐志摩的《再别康桥》、戴望舒的《雨巷》、汪国真的《山高路远》，这些诗歌读来也是满口留香、意蕴深远。

大学毕业以后，我在南京铁路公安处当了一名铁路民警。工作岗位时有调动，每到一个地方，我都会在当地图书馆办一张借书证。这期间，我看书的种类有所侧重。最开始，我喜欢看《福尔摩斯探案集》《余罪》等侦探类的书籍。后来，我逐渐迷上了新闻写作、摄影技术等书籍。这些阅读经历给我的工作带来了很多帮助。

因为工作的关系，从事铁路公安工作十五年来，我辗转各地，北京、上海、南京、沭阳等地都留下了我工作、生活的身影。每到一个地方，都是阅读让我静下心来。因此，在我的包里始终会放着一本书。在旅途中，在工作的空闲时间，在灯火阑珊的夜晚，阅读成为我生命中的一部分。

我在沭阳站公安派出所任所长的四年里，阅读扮演的角色尤其重要。派出所在苏北宿迁的一个偏僻小县城里，分管附近线路。当时，管内线路两边有很多留守儿童，这些孩子的父母都在沿海城市打工，他们跟年迈的爷爷奶奶生活在一起。孩子年幼且好动，喜欢在铁路边玩耍，存在极大的安全隐患。记得有一次，我到一个留守儿童家做宣传，顺便给他带去了几本小人书。这个孩子如获至宝，他的眼神，和我在三婶家看到那一大箱书的眼神是何等相似，我从中读懂了他对知识的渴望。于是，我有了为沿线留守儿童创办“流动书屋”的设想。我购置了一批图书，并从我的藏书中选择了一部分，装在一个整理箱里，每次下沿线，我都给沿线的留守儿童带去。一来一往，铁路安全得到了保障，孩子们也实现了读书梦。从这里，我更感觉到了书本带给我的满满的收获感。

书读多了，自己也就想写点儿什么。难以忘怀的是自己写的文章被印成铅字的那一刻。在大学校刊上发表的处女作，从事宣传工作时在各类媒体上刊登的稿件，在工作之余撰写的散文、随笔、诗歌……作品被认可的欣喜，溢于言表。我把它们作为记录自己生命历程的一份珍贵记忆，作为书本阅读的一份回馈，珍藏在自己的房间里。

随着时代的变迁，互联网走进了人们的生活，电子书也在一定程度上代替了纸质书籍。但我还是有点儿固执地喜欢纸质书籍。书捧在手里，有一种真实感，一页页地翻读，那淡淡的墨香让人幸福。

高尔基曾说过：“我读的书愈多，就愈亲近世界，愈明了生活的意义，愈觉得生活的重要。”不忘初心，奋力前行，这才发现，书籍已成为我生命中不可或缺的一部分。

我有一个梦想，期待有一间大房子，里面摆满了书。给自己的心灵留一方世外桃源，让淡雅的书香沁我心脾。明年新房交付，这个梦想一定要实现。

（原载《人民铁道报》2016 年 12 月 8 日）

那盏油灯

邓醒群

（一）

今年的夏天，有幸走了一趟红军路，特别是参观苟坝会议会址纪念馆，我的灵魂接受了一次洗礼。

苟坝会议会址位于遵义市枫香镇苟坝村马鬃岭山脚，是个山清水秀的小山村。1935 年，三个人在这里改变了中国的命运。苟坝会议成立周恩来、毛泽东、王稼祥三人团，完成了遵义会议改变党中央最高军事领导机构的任务。苟坝会议等系列会议进一步确立和巩固了毛泽东在党中央和红军中的领导地位，使中国革命实现生死攸关的转折。

近百年风云如烟，革命的号角已经逐渐远去，纪念馆内许多革命的遗物，却把这段历史生动重现在我的眼前，特别是那许许多多的旧油灯，让人更是浮想联翩。

这些油灯设计上都是大同小异，却都有一段不寻常的历史故事。它们曾经闪着伟大的光芒，照亮历史，更照亮了未来。

八十一年前，在这柔弱的灯光下，每一盏灯的主人都曾经在灯下思考着民族的未来，中国未来该走向何方，革命该如何继续。他们睿智的目光与油灯的火苗相撞产生出来的火花，点亮了华夏的天空，明确了前进的方向。万千微弱的灯光，汇成革命的熊熊火炬，照耀着中国革命前进的方向。

我想，这些油灯不再是普通的油灯，它是智慧的启明灯，历史进程的见证者，时代前进的导航灯，它是中华民族伟大复兴路上一盏不灭的灯。

历史的油灯不灭。

（二）

油灯的温暖与亮光无论在什么时候，都代表着不同的意义。

油灯也叫油盏，是用煤油作为燃烧的液体。在没有电灯的时代是主要的照明工具。小时候，听爷爷说煤油叫火水，意为会着火的水。爷爷的那个时代把出国叫作“过番”或“番背”，所以也把煤油叫作洋油。在农村也因形状及功能而分出不同类型的油灯，如枪灯、马灯、气灯等。

在客家地区只要生了男孩，第二年的正月十五就要到祠堂挂上一个灯笼，俗称上灯，禀告祖宗，又添儿孙，祈求祖宗保佑平安健康成长。人丁兴旺是每一个客家的朴素愿望，丁就是代表男孩的意思，灯与丁是谐音，在农村哪一姓祠堂的灯笼多，就证明该姓人丁兴旺，也体现了客家人对祖先的敬畏与对文化传承的一种象征。

关于灯的习俗还有很多。生了男孩要上灯，死也要点灯。若有人老去就会在灵柩前点上一盏灯，称为长眠灯，传说人死后去黄泉的路上是黑暗的，所以要在灵柩前点上灯照亮；还有如搬新房时要点亮油灯进门等，以及关于灯的忌讳，如女儿出嫁不能送油灯，以避免娘家的丁被带走。

因从小在农村长大的原因，所以我对油灯有特殊的情感，在不需要用油灯的今天，我在行走乡村时发现有遗弃的旧油灯就把它收藏起来，至今也收藏了一些不同类型的油灯，也因此结识了一些朋友。远在新疆素未谋面的孟星先生在一次电话的闲聊中说到油灯的话题，后来他专门寄给我一盏民国时期的油灯，使我第一次了解到那个时候新疆人使用的油灯。后来，因邓缵先纪念馆在征集馆藏物品，我就把这盏油灯连同其他物品一起捐给了纪念馆。

看到油灯，我就会情不自禁地想起母亲。当时家里穷，买不起多少的油灯，即使有油灯也是很少用，煤油的价格贵而紧缺。为此，在我读小学时，母亲就点亮一盏油灯让我们兄弟姐妹在一张桌子上读书做作业，她就在旁边借着微弱的光织麻。

每天晚上，油灯伴随我们成长，也见证了母亲那高超的织麻手艺。母亲虽然目不识丁，却是一个编织能手，她可以编出不同花样的麻制品，直到母亲离去时，还带着遗憾的语气说，没有把这手艺传到儿媳妇手上。母亲织麻一方面用来织蚊帐，给我们兄弟姐妹挂在床上，这样可以免受山村蚊子和其他不明虫子的侵袭；另一方面是织些彩带或把麻拿到圩镇上去卖，以帮补家计。

母亲的油灯静静地陪着我成长，燃烧着的油是用母亲的血液做成的。母亲的油灯，给了我温暖，给了我力量，也给了我无尽的思念和内疚。在母亲生命的油灯油干灯熄时，那看不见的火苗就一直在炙烤着我的骨头。那一刻，我深刻理解了什么是“人死如灯灭”，因为，我无法给母亲生命的油灯添油。

所以，这种疼痛，直抵我的头发。

（三）

一盏油灯体现出一种精神，它的光芒总是闪耀着人性的光辉。

“深夜，他端着灯送出门外，我们走了老远，还看到地下的灯光，回头一看，灯光下他的影子好看得很，像海洋中孤岛上的灯塔，倔犟地耸立着在这漆黑的天宇。”我在王冶秋《怀想鲁迅先生》的文章中读到了这一段文字，让我也隐隐约约地感受到鲁迅先生手中油灯的光芒与温暖和先生的慈祥与博爱。

在老家时，我总是在油灯下读书，而且每读都至深夜，无论干农活有多累，都要读读书方休息，这种习惯一直到现在都保持着。虽然现在不用在油灯下读书了，但对那段时光是刻骨铭心的，更感激那段时光给予我信心，让我能坚强地面对一切困难。

或许，我过于怀念过往的日子，那些印在脑中不可磨灭的往事从没有忘怀。那些一闪一闪的微弱灯光，一直在我的灵魂深处散发着诱人的光芒。

一次，行走在深山里的村庄时我认识了从深圳回来居住的俊峰先生，我们相谈甚是投缘，我同他约定好，在有假期时，带上几本书到他那里住上几天，点上油灯读读书。

生活总有大多意想不到的事在发生，顺其自然就是生命中的最高境界，如一盏灯的亮度，它不刻意去追求自己的光能照多远，能给多少人温暖。只要自己找准了坐标，在属于自己的位置上安静地活着，那些汇入生命的际遇，即使是苦痛也好，在经过不断的过滤沉淀后，已成为人生一笔不可或缺的可贵财富。

给自己的生活点亮一盏油灯，使时光不迷茫，自己不迷惑。

灯亮着，自己的日子就亮着，无关富贵。

灯亮着，爱就活着，无关诺言。

灯亮着，远方星光就闪耀着，与心愿有关。

灯亮着，生活就幸福着，与心中的明镜有关。

（原载“中国公安文学精选网”2016 年 10 月 17 日）

我的警院

刘倩倩

警院三年的点滴往事，在蓦然回首时，早已撒豆成兵般，变幻成饱满丰腴的警院回忆。聚是一团火，散作满天星，曾经的预备警官，如今分配在浙江十一个地市的公安系统，成为人民的忠诚卫士，挥洒汗水，保千万家平安。由于公安工作的特殊性，每逢节假日，当其他人考虑是在家休息还是外出旅游时，我们却忙得不可开交。正因如此，警校同学想在某个休息日小聚一下便成了奢望。亲爱的大队同学们，自警院阔别已近五年，你们可一切安好？

每每想起警院的美好时光，嘴角便不由自主地上翘，警校生活，载满了甜蜜的记忆。回想起队列训练时，少年们英姿勃发的容颜；想起警容严整时，少年们意气风发的神采；也想起了熄灯后，少年们的寝室里跳跃的手机亮光。充满朝气的我们，用青春书写忠诚，用激情点燃梦想。在警务化管理模式下的校园里，我们时刻以“我是警院学子”的要求来约束自己的一言一行，两人成行，三人成列，队伍行进中不得讲话。严明纪律下的警院生活似乎显得单调乏味，可一旦经过岁月的发酵，这段记忆如今却成了我们生命中的独特芬芳。刹那芳华，有太多的记忆来不及凝固，太多的真情来不及告白，握在手中的笔写写停停，脑海里仍是当年与室友们嬉笑打闹，晨起叠被子、整内务的美好片段。

时光逆转，耳边响起一声长两声短的大队哨声，近五百号学员的08大队此时在汽训场上集合。仿佛又看到王大（大队长）站在全体队友面前说：“好吧同学们，利用中午集合的时间讲三句话……”耳边似乎又响起王队（副大队长）铿锵有力的那声“蹲下”。三年严格的军事化生活，教会了我们积累隐忍，坚韧不拔。遇到挫折，我们比同龄人显得更为沉稳，更加果断。严格的警务化管理，培养了我们锲而不舍的信念和执着，使我们拥有了努力前行的姿态和斗志，彰显出我们热忱的理想与追求。

警院不仅是一座培育当代“文”警的象牙塔，也是一座历练“武”警的训练场。警院里的三年青春，绝对可以浓缩成一本俯仰悲欢值得细读的小说。那段青葱岁月，载满了周而复始的学习与训练，队友之间精诚团结、同甘共苦，尝遍个中的酸甜苦辣，才让彼此之间建立了深厚的信任和情谊。警院人的亲密无间就像缠绕于树的蔓藤，漫长的岁月中我们的情谊永远保鲜。这种情谊使我相信，无论日后奔波在何处，我都不是一个人在战斗。直到现在，我心里始终记着王队的那番话：“或许你们走后，大队的番号会随你们的离去而撤销，但是浙江警察学院历史上的08大队依然存在，王芳槐依旧是你们的大队长，吴平良还会是你们的教导员，而我和其他三个大队老师依然是08大队的老师！”

怀念警校的种种，还有那些酣然入梦的时光。出了警院，或许再也体会不到那些得来不易的好梦带给我们的幸福感了吧！喊着响亮的口号，一排排整齐划一的队伍浩浩荡荡走进教学楼。有人坚持着进入教室便再也撑不住了，倦意迫使眼睛眯成了一条缝，尤其是在冬日，当温暖的阳光漫进教室，此时纵使猛掐自己，也抵不住强烈的困意。一边提防督察检查，一边怕老师发觉，于是，天真的我们，躲在前排同学的身后，把腰杆挺得直直的，傻傻地以为这么做就能万事大吉，便眯上眼睛晕晕乎乎地做起了春秋大梦。

离开学校那日，我整理好行囊拖着厚重的行李箱走出学院大门，回望警院，我竟是那般留恋。毕业后终日忙于工作，鲜有时间回母校看看。好想再次漫步警院的连廊过道，大家围坐在操场草坪上，在明媚春光里谈笑风生；好想回到曾经的教室，依旧按照原来一排二座的位子坐好，让阳光透过玻璃窗，轻柔地打在脸上；好想再听一堂由叶伟民老师带来的精彩刑法课；好想全体队友在汽训场上集合，再一次齐声高歌那首《团结就是力量》，让豪迈的歌声响彻云霄……

警院峥嵘，势不可当！我由衷祝福您——浙江警察学院，我深爱的母校！

（原载《平安时报》2016 年 1 月 5 日）

以吾诗情润警心

沈秋伟

警心铿锵如初，警魂灼灼其华。

警心铿锵，那是公平正义的良心在跳动；警魂灼灼，这是国家挺拔的中流砥柱。当然，痛苦、焦虑、愤懑、委屈、紧张，特别是当无端责难密集袭来时，我们的警心也会片刻的黯然低回，我们的警魂也会体味那孤独无助。

有了人民的理解、法律的保护、上级的支持、良知的关怀，我们没有理由低迷。可是，我们是普通人，内心还缺少一点儿什么，我们似乎还在渴望着什么。

是的，诗歌不能缺席，诗人不能缺席。钟嵘在《诗品》中说："气之动物，物之感人，故摇荡性情，形诸舞咏。照烛三才，晖丽万有，灵祇待之以致飨，幽微藉之以昭告。动天地，感鬼神，莫近于诗。”我们人生一切的境遇都需要在沉静中回味。朱光潜指出：“一般人的情绪有如雨后行潦，夹杂污泥朽木奔泻，来势浩荡，去无踪影。诗人的情绪好比冬潭积水，渣滓沉淀净尽，清莹澄澈，天光无云，灿烂耀目。”可见，真正的诗人具有特殊的本领，那就是“冬潭积水”的能力；真正的诗歌具有特殊的功效，那就是“沉静中回味”的功效。在这样一个风险时代，处于高应激状态的警察，需要诗人在场，需要诗歌进入警察生活，让警心得到护理。警察诗人和诗歌需要实现“以吾诗情润警心，用汝诗心酬警魂”的目标。

第一个角度“诗言志”。《毛诗序》有言：“诗者，志之所之也，在心为志，发言为诗，情动于中而形于言。”警察是一个需要情怀的职业，在所有的情怀中少不了政治情怀的特殊地位。闻一多先生说过：“诗人的最主要的天赋就是爱，爱他的祖国，爱他的人民。”警察是需要大爱和志气的职业。正可谓“一点浩然气，千里快哉风!”所以警察诗歌需要言志，需要爱憎分明。

第二个角度“诗喊痛”。豪放之情是诗，婉约之美也是诗。成功的诗歌一定是充满了真情的。忧伤是一种人之常情，警察也难以避免。忧伤虽然不是正向情绪，但它不是丑。唐代韩愈《重云李观疾赠之》诗云：“小人但咨怨，君子惟忧伤。”可见，忧伤还是一种君子行为。所以，警察同志，忧伤也是你的权力，你痛你就喊出来！而诗人的本领就是通过将忧伤转化成心灵的低吟，喊得恰到好处，引发他人的共鸣。

第三个角度“诗唱美”。有了真情，还要有“手艺”。公安系统中有在全国诗坛上颇有影响的诗人。他们之所以能跻身且蜚声诗坛，很重要的一点就是他们有诗歌的天才，也有娴熟的技巧。兰波在《通灵者书信》中写道：“诗人是真正的盗火者。他担负着人类，甚至是动物的使命；他应当让人能够感受、触摸并听见他的创造。”公安诗人中有佼佼者，他们能与万物对话，与自然唱和，在人类的历史里畅游，在文字的矿石里炼金，他们为提升公安诗歌的地位做出了重要贡献，也为写好公安诗歌奠定了人才基础。期待公安诗人“兼济天下”“经世济用”，让诗美更多地飞翔在警营的天空。

第四个角度“诗润心”。“以吾诗情润警心，用汝诗心酬警魂。”与前三者不同，“诗润心”不是一个切入口，而是全面的浸润和干预。但无论是“诗言志”“诗喊痛”，还是“诗唱美”，我们都要记住公安文学的母题永远是警察的命运沉浮与喜怒哀乐，以及警察命运与社会的关联。我们需要洪钟大吕，我们也需要丝竹之音；我们需要公安诗人们可贵的诗艺，我们也需要公安诗人们不变的初心。请用你们诗人独有的眼光，常常回望警营，用你们浑身的本领写出警营的独特风景、警察的独特人生，写出这个时代澎湃的警魂、律动的警心！

（原载《人民公安报·剑兰周刊》2016 年 9 月 2 日）

三、馨香的生活

“事儿爸”的退休生活

王丽莉

父亲是一名退休十年的老民警。他总是依照20世纪50年代的党员干部作风严格要求我：上班只能早到，不能迟到；无论在哪个岗位，都要干一行爱一行；领导安排的工作任务必须在当天想尽办法完成……而我也总是在他的教导下尽心工作。

退休后的他，还不时地指点我的工作，当我是户籍民警时，他对我说：“一定要微笑地面对每一名办事居民，他们几年也不来办一次户口……”当我调到指挥中心时，父亲叮嘱我一定要多看书，才能妙笔生花，不负领导的希冀。当我调到政工部门时，父亲让我要多下基层，挖掘闪光点……虽然退休了，但父亲对公安工作的热爱却没有丝毫减退，经常帮朋友问驾驶证怎么办理，帮邻居问办护照需要哪些手续，隔段时间还会拿个户口簿到派出所去帮人办事。看到父亲乐此不疲地跑前跑后，我不禁跟他开起玩笑："老爸，您这是准备二度出山吗？"

退休的父亲是个倔老头儿，记得有一天，刑警队的小范跑到我办公室来问我："莉姐，叔叔的摩托车是不是丢了？"听到这个消息，我立刻给父亲打电话询问事情的经过，原来父亲前一晚忘记给摩托车上锁了，早上起来找不着，就到刑警队报案。看到我核实了情况，小范便对我说："现在对于晚上居民区不锁的机动车，居委会全都推到社区存放，刚才我查了一下，叔叔的车子在民主中路居委会。"

"好的好的，谢谢你了！我马上给他打电话，你快去办案子吧！"知道刑警队的民警案子多，我忙催着小范去忙工作。

中午一回到家，老爸就开始对我抱怨："今天接我报案的那个年轻民警，登记了情况，给现场照完相后，接了个报案的电话就走了，态度太敷衍了！你们应该就如何做好群众工作经常开展培训。"我辩解说："爸，那他绝对是又接到了报案，您的基本信息他已登记，否则，这才几个小时的时间就帮您查到了？"

"那也不对，他这样做我能理解，但别人不能理解，你们要站在群众的立场上去看待这事，你们政工部门就应该就做好群众工作开展培训……"哎！我这操心的老爸，"好的，好的，我下次跟领导建议组织开展做好群众工作培训！"听了我的话，老爸才停止唠叨。原本以为这事就此跳过，没想到老爸隔三岔五地问我培训开展了没有。在老爸不厌其烦的催促下，我和教官们就如何做好群众工作进行了研究，教官结合具体案例为民警和群众上了生动的一课，受到民警和群众的好评，我也乐开了怀。谁说老爸的坚持是错的？

如今老爸的口头禅已成为："这两天你们局里又发生什么新鲜事了没？"哎！我这操心的老爸。

（原载《人民公安报》2016年5月6日）

想让亲人睡个安稳觉

韩秀媛

我爱好摄影，喜欢拍摄和被拍。打开相册，那些曾经留心或随意的定格，将悄然逝去的时光轻拉回来，仿佛又见暖阳中生发的一棵棵嫩芽。

相册里有几张是较早的。那时我刚刚入警在分局，恰逢局里组建110报警服务台，全市各县局都来观摩学习，我和几名伙伴担任解说员。活动结束，大家站成一排拍照留念。一群年轻的女警，身着整齐划一的绿色警衬、警裙，贝雷帽，黑色半高跟皮鞋，手持扩音器，每个人脸上都洋溢着笑容，青春的气息像丁香般扑面而来。拍照时，自然引来一群人观看，那场景确实风光。照片里面有颖，个子不高，站在边上，清纯得像一捧泉水。

不久，她和一同入警的慧恋爱了，很快结了婚，成了警嫂。

当年的慧和现在一样，没有太多言语，在男生里显得比较成熟稳重。他是警校毕业生，思维敏捷，当过管片民警，干过侦查员，基层工作经验很足。别看他平时总是笑呵呵的，办起案来却毫不含糊。

去年秋季，我负责主编的内部刊物需要推介一名典型人物，领导向我举荐了慧。那时我才得知，不久前，慧带领的专案组打掉了一个黑社会团伙，他荣立了个人一等功。

看完他的事迹材料，我有了想采访他的想法。

看得出，他很忙。与我交谈时，不时有电话打入，民警向他汇报工作，求教对策。

我说，想听听你抓捕的情景。

他略微沉思了一下，回忆起来。

得知那伙人在某村设立赌场后，为了避开岗哨，他带领专案组一行五十多人，踩着一尺深的雪壳子从野地里绕行十公里进村，当时正值零下三十多度的隆冬。现场抓捕还算顺利，一号头目落网了，而在外围的二号头目却漏网逃跑，多日侦查未果。

终于得到了确切消息，二号头目的身影在哈尔滨市某公寓出现了。他立即带人赶到公寓。

我问，抓那人时，危险吗?

他说，哪来得及想什么，当时就是一门心思想着怎么能把人抓住，把这个案子结了，给辛苦了一年多的战友们一个交代。当那小子把门打开一个小缝时，我伸脚别住门缝，顺势冲进屋内，把人抓获。

眼前闪过警匪片中的许多镜头，危机四伏，险情随时可能袭来。那些穷凶极恶的歹徒身上都备着凶器，倘若动作稍慢，或略有迟疑，利刃也许随时会闪出寒光……

他坐在办公桌旁，秋日的阳光照在他的身上，毛茸茸的，很温暖，阳光中的他似乎变得高大起来。他和我聊家常般谈着他所经历的生死瞬间，如云如雨般，轻描淡写的，好像在讲述别人的故事。

看着他的脸，心想他和颖确实是有夫妻相的。我也曾和颖几次提到慧的勤奋努力，多次立功受奖，现在还走上领导岗位。听到这些，颖说，我可不想他成为英雄，能安全回家，能安稳地守着我们娘儿俩就好。然而，既然选择了警察这个行业，势必就会与亲人聚少离多。

我问他：这些关乎生命的搏杀，回家能和颖讲吗？

他摇了摇头说，我得让她睡个安稳觉。

睡个安稳觉。这句朴实无华的话语在我的脑海中盘旋。让亲人睡个安稳觉，是用自己的辗转反侧和多日无眠换来的；让百姓睡个安稳觉，是用警察的职责、智慧、汗水，甚至鲜血换来的。我深信，那群与邪恶较量、与魔鬼周旋、在刀尖上跳舞的人，内心装载更多的是牵挂。

从基层到机关，在这支队伍中行走了二十年，经历过林林总总的大事小情，亲眼见识到他们的果敢勇猛、无畏忘我。作为他们的战友，分享过他们的快乐幸福，分担过他们的忧愁烦恼，也感受到了他们内心深处的丰沛和细腻。

又想起了刚到派出所时，在一起工作的那位老警，如今他已经过世多年。那时他一有空闲，总爱聊起自己经受的艰难时日，但我更感兴趣听他唠叨那些家长里短，比如怎样腌酸菜又鲜又脆、怎样和饺子馅儿吃起来水灵不油腻、在哪个市场几点钟可以买到便宜的土豆白菜……他还常常像小孩子一样扯起自己的衣襟问：你嫂子织的，是不是挺好看？其实大家都知道他已是患病之躯，他却不肯休息，仍然若无其事地值班备勤，和好人一样出警处警。安静时，每当提到父母、妻儿，他的眼神都会变得无比柔软幸福。看得出，生活中的琐碎片段，甚至对过去那些烦心事他都留恋难舍。每每想起他，内心都会发酸。是啊，有谁不会为之动容呢？比如王影、王江，比如张国森，他们都是普通民警，没有壮举，做的也是小事，他们不是英雄，可他们在艰难中都是那样的留恋热爱生活，热爱他们生活中最重要的内容：自己的岗位、自己的工作和爱与被爱的那群人。

结束了对慧的采访后，我向他索要了一张照片，想放在刊物中做文章配图，可找了几张都没有中意的。我提议，天气不错，去警民广场那块“平安石”前留个影吧。没多久，照片传过来了，他站在那块石头前，有些拘谨却目光庄严地望着远方。“平安”两个字辉映着蓝天碧草，显得格外鲜红悦目。平安是块磐石，生长在这块土地上。每一位战友的平安，其实也是捧在亲人掌心的如花宝玉。

（原载《人民公安报》2016 年 4 月 15 日）

刑警队的女儿

刘美兰

小雅在大学是学舞台剧的，很有艺术气质的她十分向往和父母住在童话般的小木屋里，过一种温暖而幸福的日子，却永远也没想到她的生活会出现戏剧般的变故。

那一天是2016年7月7日，荆楚大地已成一片泽国。几天前小雅还和父亲徐建军通过电话，手机那端父亲的声音虽然平和但还是很有力量，而今天她却突然面临即将与父亲阴阳两隔的现实。赤壁市公安局值班室打来电话，说父亲因连日值班突发脑出血，正在赤壁市人民医院急救。

那一瞬间，她蒙了，不知道自己是如何穿过武汉市拥挤的车流和人流的，又是如何以最快的速度冲进火车站售票室的。当走进高铁车厢的那一刹那，她的眼泪开始止不住地流淌，车厢里的人都惊讶地看着她，连乘警也过来关切地询问，不知道这位年轻女孩子怎么了。当她怀着不祥的感觉，拖着沉重的两只脚走进医院急救室时，看到的是父亲已被雪白的被单掩盖了的身躯。小雅几乎是匍匐在父亲的床前，她握着父亲逐渐冰凉的手腕，可怎么也拽不回那已经消逝的脉动。她噙着泪，悲伤地自拍了一张与父亲的最后合影。

9 月 20 日，因一次采访活动，在赤壁市我们见到了小雅。此时的小雅，清新可人，一身朴素打扮，她微笑着走近我们，成为我们摄制组的重要一员。

父亲徐建军离开时，刑警队的同事们都很担心，以为小雅会如普通女孩子一样乱了方寸，却没想到她那么冷静而坚强。

在采访中，小雅告诉我们，爷爷年纪大了，妈妈身体又不好，她不敢悲伤过度，她不能倒下。

徐建军是倒在工作岗位上的，殁年五十一岁。因是在防汛应急岗位上连续坚守七天七夜后牺牲的，他的事迹很快引起了各方媒体的关注。

面对媒体的不间断采访，小雅不得不反复回顾讲述与父亲别离的残酷事实，她似乎一夜间就长大了，为避免爷爷和刚从外地打工赶回家的母亲再受刺激，她开始独自面对眼前发生的一切。因为媒体需要，每当夜深人静时，她会含着泪梳理父亲对她影响深远的故事，打捞着记忆中父亲给予工作、同事和家人的爱——父亲是一个沉默寡言成天都在忙着案子的人；高考那天她走出考场时，父亲远远地在微笑着等她；妈妈在外打工，常年不在家，更多时候是她和父亲在家，父女俩感情很好，可她印象最深的却只有他一个模糊的走向刑警队的背影。

采访持续进行着，小雅内心也在纠结着，父亲的突然离去让她很自责和委屈。自责的是她和母亲都在外地工作，没有照顾好父亲；委屈的是父亲走得太快，居然没有给她留下只言片语。她默默地处理着父亲的身后事，她不希望年迈的爷爷和身体孱弱的母亲直面这个残局，她要自己扛，表现出了与她二十三岁年龄不相称的沉稳和老练。

熟悉徐建军的同事们说，小雅办事的干练利落和骨子里的坚韧大气很像她的父亲。原来刑警是有刑警基因的，那就是遇强则强，一旦遇到外界的强力打击反而会变得更加坚强。

小雅身材纤细挺拔，气质端庄大方，她不惧怕面对镜头。每天的采访任务虽然繁重却进展顺利，为了再现徐建军的生前故事，摄制组经常会在徐建军工作生活过的地方拍摄到深夜。小雅的讲述感染着周围每一个人，摄像师也常常陪着她流泪。一次次采访愈发加深了小雅对父亲的思念，也让小雅的内心不断升华。一次，采访结束，小雅突然冒出一句："我要像爸爸一样是个警察就好了。"

自从徐建军离去，刑警队就成为小雅去得最多的地方。每次去，小雅表现得越乖巧懂事，刑警队的叔叔阿姨和伯伯们就越心疼她。

小雅对刑警队是再熟悉不过了，从小父母就常带她来，上学后她自己也常来。有时候父亲顾不上她，她就自己做完作业后去食堂吃饭。如今，再次来到父亲办公的地方，小雅却有着前所未有的亲近感，她尽情感受着父亲遗留在办公室的气息。那个黑色沙发还在，沙发上有一床泛黄的军被，父亲曾是个军人，到了刑警队就把军被带到了这里。父亲长年就住在办公室的沙发上，他说，刑警队的案子多，值班同志忙不过来，他住刑警队，随时可以搭把手。徐建军的案子破得好，刑事案卷做得更好，每个案卷都是那么干净、整齐、规范，曾是市局办理刑事案件的标准模板。刑警队接突发警情多，经常会有同事半夜三更去敲徐建军办公室的窗户。"老脚，开开门。"老脚，赤壁话的意思就是父亲或如同父亲一样的长者。有老脚徐建军在，刑警队的人心里面就都踏实。在徐建军从警生涯中，有三十一年是在刑警队度过的，刑警队的一切早就融入了他的骨子里。多年来，他参与侦破命案一百三十多起，参与抓获各类犯罪嫌疑人一千余名。

刑警队成了徐建军的家，自然也就成了小雅的家。小雅需要用钱时，就会去刑警队找父亲。徐建军很细心，早就提前把女儿的学费和生活费用信封一份份封好。父女见面话不多，如同地下党员接头似的，一递一接就交接完毕了。

刑警队的叔叔阿姨们都很喜欢小雅，如果徐建军不在，总有人会亲热地把她拉进办公室，问她有什么事，然后记录下来，过后转告徐建军。刑警队成了小雅的依靠，父亲在与不在，她都能得到温暖。

小雅一天天长大了，阳光而自信。高中毕业，她不负众望，考上了自己心仪的大学和专业。毕业后，她又顺利考入合肥某银行工作。那段时间，徐建军和刑警队在她的生活中渐渐淡化。然而，有一天，父亲打电话给她，“回来吧，你工作的地方最好不要离爸爸太远。”愣了片刻后，小雅想也没想就辞去工作回到武汉。哪想到，她回来还不到三个月，父亲就不在了。父亲不在了，可刑警队还在。抚摸着父亲遗留在刑警队的老物件，她擦干了眼泪，决定参加明年的招警考试，争取到赤壁市公安局工作。

三天的采访很快结束了，小雅也要回武汉上班了。正好顺路，我们热情邀请小雅搭乘我们的顺风车。路上，小雅说，因为父亲一个电话，她回到武汉工作，因为刑警队叔叔阿姨对她的厚爱，她决定还是要回到生她养她的家乡。她还说，这次回赤壁接受采访，她从父亲身上悟到了很多，从头到脚经受了一次精神洗礼。她知道，前边的路可能会很艰辛，但她要义无反顾地走下去。

那一刻，小雅双眼闪烁着青春的光芒，从这双眼睛里，我们看到了根植在血脉里的刑警基因的力量。

加油，小雅！

注：徐建军，男，1965年8月生，湖北赤壁人，生前任赤壁市公安局刑侦大队五中队指导员。曾两次荣立个人三等功，连续八年被赤壁市公安局评为先进工作者、优秀共产党员。2016年7月7日，徐建军因在防汛抗洪工作中连续加班劳累过度，突发脑出血，经抢救无效牺牲，年仅51岁。10月1日，徐建军被追授全国公安系统二级英模称号。

（原载《人民公安报》2016年11月15日）

母亲唤儿归

曹伦平

《南方周末》在某一年的岁末特刊中温暖地写到：它过山腰，过桥梁，过田野，过村庄，过河流，过小镇，奔向南方温暖的田园以及北国寒冷的故乡。它一路向北，一路往西，向母亲的泪眼婆娑的年关走，往父亲患风湿病的膝盖前走。腊月二十八，我便是乘着这样的列车由江南小镇出发，回到了我的故乡——一个普通的苏北乡村。因为从事警察这份工作，今年春节我做好了不能回家的准备，也把这个对母亲来说不算好的消息告诉了她，她便马上哽咽地说：“既然工作需要，那你在那里好好工作，别让领导多操心。”而因为家在外地，单位领导照顾我，让我过年可以回家。得知这一消息，我马上又告诉了母亲，母亲很是激动："乖乖（母亲对我的昵称），那就早点回家来……"

就这样，相比很多值班的同事来说，我很幸运。回家了，总觉得应该给母亲买点儿什么。但回家前的时间一直在上班，匆忙而仓促，我便在网上买了份化妆品，直接寄回了家。我记得母亲年轻时是个爱美爱整洁的人，家里一直收拾得干干净净。那时候因为我和弟弟上学，家庭经济条件不是太好，她总是省吃俭用，很少用化妆品。母亲收到礼物后，在电话里埋怨似的对我说："以后别给我买东西了，你的钱留着存起来，以后买房子娶媳妇，需要花钱的地方还多着呢。"后来听弟弟说，其实母亲很高兴，经常和邻居、亲戚们"炫耀"："你看看，这是我儿子给我买的化妆品。"听了这些，倒觉得挺对不起母亲的，随意给她买了点儿东西，她便这般高兴、这般幸福！而二十多年来，相比母亲对我的付出，这些化妆品无疑显得那么的卑微。

不必说，在我要回家的前晚，甚至是几个晚上，母亲都是睡不好觉的，因为她对儿子的归来满怀期待；不必说，母亲一定早早地去集市上买了好多的东西，提前几天已经开始准备我回家的菜了；不必说，母亲早就把我睡的床上的被子、床单晒了几遍；不必说，母亲一定在得知我回家的时间后，一天天地数着我的归期；更不必说，母亲在我快要到家的两个小时前就早早地等在马路边，在寒风中翘望着我的归来。尽管我每次都和她说不要在路边等我，车不会因为你早早地去等就能早一点儿到达。但母亲就是不听，每次回家依然这样，从高中到大学，再到以后我工作了，近十年的守望，近十年的等待，一次次寒风的肆虐，一阵阵路边风沙的吞噬，都改变不了母亲对儿子的爱。因为这样，我曾经想过不要告诉她我什么时候到家，这样她就不用这么辛苦地盼望了，但是我不忍心让她承受不知我何时回家的煎熬，所以我依然总是第一时间把我何时回家的"好消息"告诉她，也能让她第一时间分享这份"喜悦"。

那天早上，我早早地起床。因为要回家，晚上也没有怎么睡好，我知道，母亲肯定也没有睡好觉。单位发了很多年货，但也带不回家多少。虽然不是很贵重，但我还是希望能尽量地多带点儿回家，让母亲感受一下她儿子单位的“优越感”。早晨六点多，天刚蒙蒙亮，我就在单位门口的路上等车，天阴暗着，突然飘起了雪花，但还没有来得及一感这江南小镇的雪的滋味，车来了，我依依不舍地上了车，我恐怕这“一晌贪欢”之后将赶不上回家的车了。到了汽车站，一片黑压压的全是人，使我感觉到了游子归家的那种涌动的热潮，我想他们每个人的家里也一定有一位像我的母亲这样苦苦守候他们的母亲吧。

从汽车站转车，坐上回家的车，一路的颠簸，承载着母亲厚重的期待，我开始了归程。路上，父亲一直发短信问我到哪里了，我就一直把我到家的时间推迟至少一小时告诉他，因为这样母亲在路边等待我的时间就会短些。历经了三个小时，车驶入了广袤的苏北大地。田里的麦子绿油油的，一片连着一片，就像一片广阔的绿色海洋。路边的白杨树，全部都光秃秃的，在寒风中无力地摇摆。零星地还可以看到散落的人家厨房屋顶上冒出的缕缕青烟，使我知道这个时候已经是吃饭的时候了。母亲今天应该是最忙的，她肯定在做很多菜。而每次让父亲帮忙打个下手的时候，父亲都会“抱怨”：“你弄这么多菜，他也吃不完啊！又不是什么贵客，自家的孩子，讲究这么多干吗?”可是母亲不管这么多，便“回击”父亲：“你要是不帮忙，我就自己弄，你该干吗干吗去。”慢慢地离家便近了，很远地看到那个路口，那个母亲等了我近十年的路口，有位中年妇女看见来了客车，就笨重地踮起脚来张望，以便看清楚是从哪里来的车。车在离她还有一两百米的地方慢慢地减速，她也看到了是我坐的这班车。她马上冲上前来，准备接我。这个时候，我最担心母亲的安全，因为车还没有停稳，她就跑过来了。因此弟弟在家时，我都会让他陪着母亲在我快到的时候再去路口，不要那么早地去接我，同时也看着母亲，让她等车停稳了再过来。车门开了，我叫了声：“妈，我回来了。”母亲点点头，说：“回来就好，把包给我背着。乖乖，这一路累死了吧，赶紧回家吃饭，菜都做好了。”

苏北乡村比江南小镇冷了些，母亲握着我的手，说我的手怎么这么凉，怎么不多穿点儿衣服。回到家后，母亲一边做家务一边和我聊天。一般都是母亲在说，我在听。说村上发生的一些事情：谁家人很好，突然去世了；谁家又结婚了，有孩子了；家里的哪个亲戚回来了，过年后去他家做客；问我在镇江工作好不好，不要节省，少熬夜，多注意身体……就这样听着母亲的诉说，尽管这苏北乡村很冷，但亲情的暖意包裹着我。而说着说着，便聊到了外婆。

外婆是 2010 年 8 月去世的，这年年初母亲带外婆去看病，查出来是肺癌晚期，母亲和我说的时候，泣不成声，说不管多少钱，倾家荡产也要把外婆的病治好。但是一切都太晚了，外婆年纪大了，医生不建议手术，只能做保守治疗。那段时间，是母亲眼泪最多的时候，每次打电话回家，母亲都会哭着问我说，这癌症晚期，如果照顾好的话，也会治愈的吧？母亲的内心是期望我给她一个肯定的回答的。这个回答算是安慰，也算是无奈。我便安慰母亲说，是的，别告诉外婆，让她保持好心情，应该能好的。其实，我知道，这一切太渺茫了，渺茫地看不到希望，但我还是不忍破坏母亲那一点点缥缈的希望，而宁愿和她一起编织这个美丽的谎言。那段时间，母亲一直在我家和外婆家奔波，每天给我爸做好饭之后，便匆匆忙忙地骑着电动车去外婆家，照顾卧病在床的外婆。外婆有六个儿女，大舅舅的孙子都十岁多了，每个儿女都说有自己的难处，对外婆的照顾也不多，外婆跟着小舅舅生活，小舅妈也不太孝顺。但是母亲说，不管兄弟姐妹怎么样，她得照顾好外婆，因为母亲只有一个，失去了就再也没有了。所以外婆身体一旦有什么不舒服，大多数都是她带去医院看病的。这次生病后，母亲更是寝食难安，很多次梦里梦到外婆的病好起来了。

这次回家，聊到外婆，母亲又哭了起来，说她经常去外婆坟上去看看外婆，但每次也不去我舅舅家，因为外婆不在了，没人疼她了，娘家也没有归属了。记得去年夏天我在家的时候，我和母亲去舅舅家途中，一直在和我聊天的母亲突然沉默了，因为路过了外婆的坟地，母亲在后面座位上哭了起来，哭得很伤心，我知道母亲又想外婆了。母亲说，如果外婆没走，知道你考上公务员，一定很高兴，一定会逢人便夸“我那外孙子‘当官’了”，到时候你在镇江安家，接外婆去大城市看看，多好。外婆这辈子最远也只去过我们的县城，以前是年轻时候步行几十公里去县城给大舅置办结婚用品，后来便是查出来这个病之后去看病的。可惜外婆带着母亲的遗憾和期待走了，留给了母亲太多的思念和泪水。

因为初六就要上班，所以我提前买好了汽车票。母亲知道后，埋怨我怎么这么快就要走，不是放了七天假吗，这才五天，怎么又要走了。我说是放了七天，但加上我回家和回单位的时间各一天。母亲不说话了，因为她知道，她留不住儿子，也不能留。快走的那两天，母亲情绪很低落。我是初五早晨 7 点多钟的车。当天母亲 4 点多就起床了，说睡不着，便张罗着给我做饭。我说，妈，别弄太多，我吃不了多少。可是她依然默默地做了很多菜，还给我买了很多的零食，就像我初中、高中、大学每次走的时候一样，这个也想让我带着，那个也想让我带着，几乎想把整个家都让我带走。我说，妈，我东西多，带不了。带去了，我也基本上不吃的，放在家里吧。可是母亲不让，见我不想带，就哭着说，你还是带着吧，带着我心里好受点。我还能说什么呢？再多的东西，母亲让我带的，我都得带着。那天早晨，我看到了母亲一直在忙碌的身影，好像不是我要走，而是她要走；看到了母亲已经发白的鬓角，即便是在昏黄的灯光下，也是那么清晰。记得母亲之前说过，等我结婚时，她便把头发染黑，这样显得年轻点儿。听到这些，我心里一酸……那个早晨，母亲送我去车站坐车，一路上都沉默着。儿行千里母担忧，我说："妈，我很快就能回来，你想我的时候，我调休一下，就能回家了。"我也只能用此来宽慰母亲。车来了，母亲说坐下一辆吧，我就接着等下一辆。其实母亲也知道，不管哪一辆，我终究要离开她。就在我准备上车前，转身和母亲告别时，看到泪珠从她脸颊上滚落下来。我眼睛也湿润了，头一低，上了车，再回头，母亲依然站在那里，向我走的方向挥手。寒风中，晨曦里，渐行渐远，母亲的身影慢慢地变小了，直至消失了。我不知道那天早晨母亲在那里站了多久，但我却知道她对儿子的爱是永恒的，永远不会消失。

初七的早晨，刚六点多，我还在睡梦中，就被电话吵醒了。一看是母亲的电话，一接通母亲就哭哭啼啼地说，弟弟今天也走了，已经坐上去南通的车了。“你们怎么都走了？怎么一回来家里热热闹闹的，现在什么都没有了？”弟弟今年也要毕业了，工作在南通，初八要去单位实习，所以也离开家了。母亲哭得很伤心，像个孩子似的，就像我小时候找不到她时那样。可能是母亲真的变老了，儿子长大了，外婆也不在了，她最大的寄托就是她的儿女都能过得好。她把全部的爱都给予了我们，而留给自己的只有想念和牵挂的泪水。

总有一些感动会让我们泪流满面，我想母亲对我的爱就是其中一种。我在泪光中记录下母亲对我的这份深沉的爱。看了贾平凹纪念他母亲三周年的《写给母亲》，看了史铁生的《我与地坛》和《合欢树》，我再次泪眼婆娑。我很庆幸，因为我的母亲还健在；我很庆幸，我想母亲的时候，可以回去看看她，听听她的“唠叨”；我更庆幸的是，我还有足够的时间来爱我的母亲。上大学时，从苏北乡村到烟雨姑苏，后来再从江南小镇到苏北乡村，而后短暂地停留，再到这江南小镇，这一路时空的转换，却隔不断母亲对儿女的爱。

远方的游子祝福母亲一切都好！

（原载《千高原》2016 年第 1 期）

都是一副臭皮囊

李晓平

我的儿子刚刚学步时，她的儿子也刚刚学步，所以我们的年龄应该相仿吧？但我以前却从来没有这么比较过，不仅自己不会这么比较，假使有谁拿我和她比较，我甚至会和他急，会觉得那个人在伤害我。——为什么？因为她是疯子！不仅她是疯子，她的男人也是疯子，所以，她的儿子也必定是个疯子。

他们一家三口是我们这座小城的一块疤瘌，被人们戏称为“一组一挂”。“一组一挂”是我们这里的土话，意思是“带斗的拖拉机”。之所以把他们三口人称为“一组一挂”，是因为他们三口人每次上街时，总会共骑着一辆破旧的三轮车，车上还总是插着一面用破布做成的黑旗。三个人无论春夏秋冬，全都是蓬头垢面，都穿得破衣烂衫，尤其是那个女人，长长的脏头发披散着不说，破烂的衣衫上，还总是扎着一根麻绳。这样的三个人以这样的方式出现在美丽的街道上，自然会成为一种令人触目惊心的“风景”。

第一次看到他们这样在街上走时，我不禁倒吸了一口冷气，一时不相信在当今的祥和盛世里，怎么还会存在这样的家庭？为什么没有人管？为什么没有人把他们送到疯人院里去？后来渐渐地就想明白了：疯人院也不是谁想去就能去得了的，因为进疯人院也要花一笔费用的；再有，大路朝天，各走一边，疯子也是人，法律的哪条哪款规定，疯子就不许上街走路？

这一家三口出现在街头时，大多是上午十点多钟左右，也就是我早退回家做饭的时间。经常是那个男人在前边骑着三轮车，车斗里坐着他们的孩子，那个女人有时也和孩子一起坐在车上，但大多数的时候她是跟在车旁快步走的。以前，他们经常去的地方是市政府的大门口，据说他们是向政府的人讨钱花的。后来，随着党的惠民政策越来越好，他们的日子大概也都得到安顿了吧，他们就不再到市政府去了。但他们依然要到街上去走，也许是为了采购物品，或者就是为了散步吧？我不知道他们家平常的日子到底是怎么过的，但走在街上时，他们是不和任何人发生关系的。就像一群过街的老鼠，不仅狗不会多管闲事，就连猫也不理不睬的。街上的人们当然并不都是瞎子，他们每次出现在街上的时候，大家都会看到他们，但看到了也都像是没有看到似的，即使目光碰巧遇上了，也会马上把眼帘垂下去或转开来，因为据说如果你看了他们，或者你眼睛里的好奇恰巧被那个女人看到了，那个女人就会拾砖头瓦块打你，正常的人谁愿意和疯子打架呢？当然也真就有愿意和疯子打架的人，就像被狗咬了的人，有时也会追在狗的屁股后面咬狗一样。如果遇到了这种情况，那个总是闷着头蹬车的男人就不再会那么木头一般地蹬车了，他会猛然把车子停下来，然后低着头瞪着眼冷冷地用眼角看你，如果这时你屈服了，他依然会目光阴冷地按兵不动，要是你直到这时依然不觉悟，依然要挑衅下去的话，那受伤害的一方肯定就是你了。因为此时，那个身高足足有一米八零的又粗又壮的男人，一定会像狮子一般向你冲过来，和你拼上个你死我活的，那样你的局势可就不妙了。况且每当遇到这种情况，冲过来的往往不仅仅是那个男人，当然还会有那个女人，要是连坐在车上的孩子也要冲过来，那么你可就要吃大亏了，因为据说那个孩子是很擅长咬人的，并且咬住了就不会再松口，直到把那块肉咬掉为止。于是，几次较量的结果，就是他们再在街上走时，大多数人就再也“看不见”他们了。于是，喧嚣的街头依然是那种平静的喧嚣。

我每次遇见了他们，都有一种心惊胆战的感觉，生怕自己那关注的眼神被他们看到了，会遭到突然的袭击。但他们走过去以后，我总会久久地站在那里，看着他们的背影慢慢地走远，走远……后来，我曾问过自己的心，问自己为什么如此关注他们？但很快答案就出来了：其实我最想关注的，是坐在车斗里的那个总是一身破衣、一脸苍白的孩子，因为他的年龄和我的儿子正好相仿。母亲的心总是很软的，所以我每次看到他时，心都会像被人揪住了似的，紧紧的，疼疼的。那个孩子，多数是面朝后面坐着的，每次他这么坐着时，我都会久久地看着那个孩子的面庞，我发现那个孩子的眼神和他的父母一样漠然，有时，漠然的眼神也会落到我的脸上，但落到了却和没有落到时一样，看来他的这种漠然是从骨子里带出来的。与他父母那黑黝黝的脏脸相比，他的脸色却总是显得有些过于苍白，是那种营养不良型的苍白，当然苍白的脸上也总是脏兮兮的，就像一些反映饥荒的图片里的饥饿孩子的面庞。

于是，每次遇见，我总会不由自主地感叹：唉！同样是人，可生活对于这个孩子来说，该是多么的不公平啊！不公平到连最起码的权利都被剥夺了，仅仅因为他出生在疯子的家庭，所以他这一生，就注定成了人们眼睛里的疯子。

春去秋来，秋去春来，他们一家就这么在街上走着，日子也就这么慢慢地过了下去。后来有一段时间，突然就看不到他们在走了。不知为什么，我有些觉得郁闷，终于忍不住，就问了一位卖菜的大妈。大妈告诉我说：“听说可能八成是那个男人，好像是有病了吧！”

啊！有病了！顶梁的人病了，那这一家三口可该怎么活下去呀？想到这里，我的心不由得疼了又疼。

再隔了一段日子，那辆车又出现了，车虽然还是那辆车，但骑车的男人却不再是那个男人了。代之骑车的，是那个已经长高了的孩子，而坐在车里的，却是那个女人了。

仅仅一段时间不见，那个孩子就真的如同高粱一样，长得高高的了，虽然他无论瘦伶伶的身体，还是苍白的面庞，依旧显出了那种明显的不健康，但他真的已经变成一个男人了。他的脚长得很大很大，穿着一双破旧的老式胶鞋，他就用那双穿着老式胶鞋的脚一直用力地蹬着他父亲留给他的三轮车，照样把车子蹬得一路哗啦啦地唱起歌来。坐在车上的女人依然是一身破烂，依然是蓬头垢面，但她却变得有些慈祥了，此时坐在阳光里，她正安详地闭着眼睛，脸上闪烁着一种幸福的光泽。是的，我真的在她那脏兮兮的脸上看到了一种幸福的光泽，她就那么面带幸福的光泽，朽木一般地坐在车斗里，任凭她的儿子把她拉到海角天涯。

我的眼泪突然就涌出了眼眶，心底里也涌出了一种莫名的感动来，不知怎的，我突然有些羡慕起这对母子俩了。虽然他们依然与社会毫无瓜葛，但有瓜葛的就真的意味着不孤独了吗？与他们相比，我真的就比他们幸福很多吗？除了那层体面的外衣，除了那张还算干净的面庞，我还比他们多了些什么？还多了什么？还多了什么？

事后想来：当时之所以能那么脆弱地流下泪来，是缘于我的儿子刚刚考学离开。他考上了一所很让人觉得体面的大学后，就喜气洋洋地背着一个小行囊离开我了，从他离开我的那一天起，我无论有多么的想念他，无论有多么的爱他，也轻易不能与他见面了。从那天起，哪怕我重病在床，我也得刚强地硬挺着，如果这时他打电话来问我，我也得含着笑意说：“妈妈很好啊！真的，大儿子，妈妈真的很好啊！”是啊！哪个母亲能忍心因为自己的身体就影响儿子的学业呢？那天我突然意识到了一个非常严酷的现实：那就是我的儿子这次离家求学，其实就是彻底地走了，永远地走了！完成了学业，他就要工作了；有了工作，他就要建立家庭了；建立完家庭，他就要有自己的孩子了……要是这么说起来，我还不如这个疯女人有福呢！她虽然与社会毫无瓜葛，但她们一家三口毕竟是一直在一起相依为命啊！

再者说来，与社会有了那么多的瓜葛后，人就真的不孤独了吗？那天我仔细地统计了一下，在这个社会上，我真的结识了太多的朋友，多得就像繁星，数都数不过来。可细细品品，究竟哪一个朋友才是我真正的朋友呢？——当我遇到灾难的时候，谁能真正地帮我承担重负？当我因一件窘迫的事而憋得就要疯掉了的时候，我的这些放不到桌面上的牢骚话到底能够向谁倾诉？记得那次因重病躺在离家乡很远的病房里，形容枯槁，衣衫凌乱，连朋友的电话都接听不了了。这时，忽听丈夫说有个朋友要来看望我，我顿时恐惧了起来，就像看了鬼片一样恐惧，马上用手势告诉丈夫：不要他来，不要他来！丈夫见我认真，马上安慰我说：这么远的路，人家又都是有工作有职务的人，咋就能说来就来了？不过是说说而已吧？可我依然还是害怕了好几天，并且每一天都强挺着让丈夫把自己的脸擦得干干净净的，把衣服穿得完完整整的，弄得丈夫一个劲儿地背着我皱眉头。幸好朋友最后真的如同丈夫所说的那样，“不过是说说而已”。事后问自己：为什么会恐惧？答案当然是摆在桌面上的！当然是怕自己的狼狈相被朋友看去了呀！——如此说来，难道自己所谓的朋友，都是建立在层层包装的假相之上的？可话又说回来，有了包装的朋友，又怎么能称之为真正的朋友呢？

是的，都是一副臭皮囊，我们与他们，与这特殊的“一组一挂”，真的没有什么不同。如果非要分出什么不同的话，那唯一的不同，就是他们把孤独亮在了街道上，而我们却把孤独藏在了心灵里。

（原载“中国公安文学精选网”2016年2月17日）

爱的历程

苏雨景

11月30日，一个不同寻常的日子，中国文联第十次代表大会、中国作协第九次代表大会开幕了。人民大会堂前的宽阔台阶上，走着诺贝尔奖得主莫言，走着安徒生童话奖得主曹文轩，走着茅盾文学奖得主王安忆、迟子建，走着鲁迅文学奖得主苏童、方方，也走着我们几个身穿警服的人。在星光璀璨的人群里，我们的警服是那么的独特，那么的醒目，那么的帅。此时，我浮想联翩——那一年鲁迅文学院公安作家班开班时的国歌又回响在了耳畔，那一年公安大学校园里像蝴蝶一样飘落的金黄色的银杏又浮现在眼前，那一张张用灵魂和热血拨亮公安文学炉火的熟悉而可敬的面孔又浮现在眼前。那一刻，我的内心充满了感恩。是鲁院的学习让我完成了一次重要的转身，正如我在结业典礼上，作为学员代表发言时所讲的，四个月的学习让我实现了由个人化写作向使命化写作的悄然过渡。

我的书写视角由原来的“小我”拓展到了“大我”。我把雨中救人的民警写进诗里，“一场电闪雷鸣之中/我扶起被大雨冲倒的老人/扶起一个城市的惊魂/感激这雨，这命里的水/它让我立地成佛”。我把执勤民警的汗水写进诗里，“我看到太阳的犁，在他们脸上/分隔出两个世界/向阳和背阴/都犹如神启/他们借此将自己一再提纯/累着，爱着/用体内的盐，来换世界的甜/用身上的黑，来换世界的白”。我把河北肃宁牺牲的民警写进诗里，“坐在六月的夜里/我用最浓的墨　最真的心/写下血色　写到血脉贲张/写到泪流满面　我似乎听到/你轰然倒下的声音在大地根部咔咔作响/它们如野草　将生根　发芽　拔节/伸出绿色的手臂替你装点/你翻过的山　你涉过的水/它们的闪电正穿过厚厚的云层/一下下击中人间的未来”。我把草原警察宝音德力格尔写进诗里，“1670 平方公里的土地上/你是御风的骑手/将那么多的日子/融入这一片疆域/这贫瘠而苍凉的热土/融入了它/就是融入了人心/就是融入了大海/融入了辽阔”。

繁忙的工作之余，每一次潜心的书写，都是一次心灵的升华。作品也越来越多地受到《诗刊》等主流文学期刊的垂青。就这样一路走来，有艰辛、困惑，但更多的是无法言说的富足。每次作品刊发或者获奖，我内心都充满了喜悦，那个时候总是会想起著名学者李掖平老师引用过的一句话：诗人是被上帝选中，即使到了天堂，也是由上帝亲自发糖果的人。

在书写的过程中，我越来越强烈地认识到，公安工作波澜壮阔，是滋生文学的丰厚土壤，在这里，不仅有惊心动魄的宏大场景，还有幽微温暖的人性光辉。作为公安作家，必须以反映公安精神为使命。正如习总书记讲话中所指出的，“歌唱祖国、礼赞英雄从来都是文艺创作的永恒主题，也是最动人的篇章”。“离开火热的社会实践，在恢宏的时代主旋律之外茕茕孑立，喃喃自语，只能被时代淘汰”。

无心栽柳，柳尚且成荫；有意栽花，花必定会开。总书记的报告中处处闪耀着文艺思想的智性光芒，是继文艺工作座谈会之后，再一次加固了文艺的灯塔，再一次吹响了文艺的号角。

北京之行，其实是一次“爱”的旅程，让我接受着爱的召唤和心灵的洗礼。我坚信，这个由自信、由人民、由创造、由艺术理想构筑的“爱”，就是希望，就是道路，就是未来。

难忘的北京之行即将结束，我将循着爱的指引，回到泉城的山水间，回到我所熟悉的警队和战友们身边。我会更加钟情于他们，更加钟情于对他们的书写，弯下身去与汗水私语，抬起头来与灵魂对话。因为“清泉比污泥更值得拥有，光明比黑暗更值得歌颂”！

（原载“中国公安文学精选网”2016 年 12 月 9 日）

四、永远的牵挂

中国侦探文学的一簇火炬

张　策

笑容仍然慈祥，却已悄然凝固，如定格在历史中的人生。我想和您说什么，刚刚张嘴，才意识到您已远行，在我面前的，只是一幅肖像而已。于是，您的脸庞模糊了，我的心情也慢慢淹没。

筹备第六届中国侦探小说大赛颁奖典礼，评委们一致同意，为您颁授终身成就奖，以褒奖您在中国侦探推理文学领域的卓越贡献。我迅即委托优秀公安油画家郑方刚同志，为您精心绘制了这幅肖像，准备在颁奖礼上郑重地赠送给您。是的，大家心里都有一点小小的真诚企望吧，希望这个奖和这幅肖像，能给病榻上的您带去一点安慰。

不想噩耗终于传来，您到底没有等到领奖。您累了，您想休息了，您悄悄离开了这个世界。这是怎样的一个严酷夏天，刚刚送走公安作家修莱荣先生，您竟然也去了，只留下肖像上的微笑，和我们默默对视。

心绪纷乱，如窗外在闷热中挣扎的枝叶，有着沉重的疲惫感。面前一张白纸，无意识地拿起笔，写下了“于洪笙”三个字，是您的名字，一如既往的亲切。往事此时便如涓涓细流，漫过我的心头。

已经忘记和您第一次相识的时间和地点了，但仿佛从一开始我们就是亲密的师生关系。其实只听过您的一次课，是我邀请您为当时北京市公安机关的新闻报道员们讲写作。您问：讲多长时间？我说，两小时吧。于我而言，实在是顺口一说，心想教授讲课，全凭兴趣所至，哪能有时间长短的限制？而您，却是缓缓登台，从容授课，引经据典，侃侃而谈。当您在黑板上画下最后一个句号时，我抬腕看表，整整两个小时，竟是一分不差。由此，钦佩您的学识和您的严谨。

那时您还在工作岗位上。身为中国人民警官大学中文系的副教授，您是桃李满天下的。

而我们这一些人，应该算您的“编外”学生。我们于您受益的，更多是关于侦探文学创作的理论知识和实践经验。想来那时，您已经在繁忙的教学之余确定了自己毕生的研究方向，您把自己深厚的文学功底与公安文学创作的实践相结合，把自己定位在了侦探文学那扑朔迷离的广阔世界里。公安部金盾文化工程奖，第一届您就是评委。也许就在那时，就在那一堆并不成熟的公安文学作品中，您看到了侦探文学的魅力，您也捕捉到了中国侦探文学发展的未来。

也就在这个时候，我们陆续集合到您的身旁，您是一簇火炬，吸引了有志于侦探文学的这群人，背起行囊，集结。而那时，正是百废待兴的年代，文化的复苏正如春雨过后的田野。您便如一位殷勤的农夫，在这蓬勃的绿色中耕耘出别有洞天的一方热土。

1992 年，中国通俗文艺研究会法制文艺委员会成立，您是当之无愧的核心人物。法制文艺，当时一个相当模糊的概念，却蕴含着您的一份苦心。在中国，看侦探小说的人不少，写侦探小说的人却寥寥无几。理论上的匮乏，更使创作处于一种非驴非马的状态中。而在这种混沌里，您却是清醒的，您在默默地为中国侦探文学的觉醒而努力。几番寒暑过后，您的心血终于结出硕果，1998 年，第一届全国侦探小说大赛在北京人民大会堂隆重举行颁奖仪式，中国侦探文学终于亮出了自己的旗帜。

于洪笙，您的名字也由此镌刻在了中国侦探文学事业的丰碑上。是您厘清了侦探文学与法制文学、公安文学的界限和关系，您把侦探文学在中国文学中的地位奠定在了一个牢固的基础之上。

到 2005 年的 1 月，历经周折的北京侦探推理文艺协会正式成立，在您和您身边这群志同道合的朋友的努力下，中国侦探文学有了自己的家园，有了自己的平台。

到过您的家里拜访，怀着崇敬的心情。被震撼的，是您家里那顶天立地的书柜。每一层隔板居然都被压弯了，仿佛承受不了知识的重量，也承受不了您渴求知识的心情。坐拥书城的您，和您亲爱的胡先生，都使我们顿时有了亲切感。您和我们促膝交谈，胡先生拉着我们喝酒。沉浮在酒中的话语，飘散在话语外的书香，是您永远留在我们心底的印象。

时间一分一秒地过去，四季在穿梭的岁月里更迭，全国侦探小说大赛至今已成功举办了五届，第六届也正在筹备中。去年的这个时候，您抱病出席了在湖北武汉举行的筹备工作会议。在那次会议上，宣布了全国公安文联侦探小说学会的成立。学会将和北京侦探推理文艺协会一起，担当起中国侦探文学发展繁荣的重任。年轻的侦探小说作家们纷纷说：于老师，您辛苦了！您开创的事业，如薪火相传，我们会把它继承下去。

那时，笑容弥漫在您消瘦的脸上，定格在我们心中。会后，我们加快了筹备工作的步伐，我们在和病魔赛跑，我们希望在您最后的日子里，能够在第六届全国侦探小说大赛的颁奖台上，接受属于您的荣誉。

然而，您终于还是走了。

坐在电脑前，打下带着眼泪的字迹，仿佛看到您悄悄地走来。走在敦煌莫高窟前的土路上，那是我们在那里召开法制文学研讨会；走在北京人民大会堂的台阶上，那是我们为第一届侦探小说大赛颁奖；走在新疆天池的旖旎风光里，那是我们在和日本侦探小说作家交流；走在曹雪芹故居门前的满地黄花中，那是我们在策划北京侦探推理文艺协会的成立……是的，您真的有些累了，这么多年您奔波在路上，却是终于把中国侦探文学的篝火点燃了。

您应该休息了。我在您的肖像前，轻轻地说：于老师，安息吧。您看看我，仍是微笑无语。

（原载“中国公安文学精选网”2016年7月25日）

清明，我在梦里等你

赵树军

清明，我在梦里等你。我知道，这个甜美而苦涩，幸福而忧伤的等待，让我不敢触碰又期盼来兮。十载风霜雪雨，映山红谢了又开，布谷鸟走了又来，可在那个飘雪的日子，你走了就再也没能回来。只留下了一身警装、一张欠据、一个蹒跚走路的孩子和一生无尽的哀思！

清明，我在梦里等你。我知道，那一刻你用生命承载了警察的天职，用鲜血完成了森林公安捍卫绿色的壮举。在十年的日子里，你的战友接替你，让你深爱的这片土地碧野千顷，山花遍地，让戈壁长出嫩芽，让鸿雁平安回到故里。十年，在时间的年轮里很短，但在天各一方的诀别里却是那样漫长。你走了，只留下了一堆黄土、一片松林和天边那朵永恒的彩云。

清明，我在梦里等你。我知道，坐在身旁和你轻声私语是对你的慰藉。女儿以优异的成绩考入了初中，妈妈的病已痊愈，欠下的药费已全部还齐。想你的时候，我会拿出那身警装自语：作为警察的妻子，我从未期盼过花前月下，小河依依，只期待有一个稳固持久的家；作为警察的妻子，当我出嫁的时候，没有固定的居所和像样的家具，只因为有一个爱我的你和一个我爱的你；作为警察的妻子，我不期盼你风采无限，名垂青史，只希望和你一生做伴，平安静谧。虽然我们的生活很清苦，但在这朴实无华的日子里我找到了幸福的归宿和爱的甜蜜。你走了，妈妈常常在大门外呆望，女儿在说起爸爸时总会轻声抽泣。我的泪水一生不会静止，我的思念永远不会停息。我不怨你，因为这是你的事业、你的天职和警察的至高荣誉。我不怨你，因为你深爱这身警装和这方滴翠的土地。多少次在梦里见到你依依不舍地离去，多少次我泪眼迷蒙地寻找你。我知道，终有一天我们会重逢，在最初我们相遇的那个小巷里，我撑着那把伞，你穿着那件雨衣，天空依旧下着幸福的小雨。

清明，我在梦里等你。我会用一生去爱你，将清明化作我们梦幻的七夕。如果有来生，我依然属于你！

（原载《林海日报》2016年4月13日）

是你回来了吗

王　维

你竟然又要出差，自从接手这个吸贩毒案件，不是加班就是出差，一个多月了，我们都没有在一起好好吃过一顿饭。你说，这次出去和以前不一样，要抓的是这起案件的主犯，你带队，还是挺激动的。于是，我激动着你的激动，抚摸着肚子里的小生命，把我那颗不安的心深深地藏了起来。

那天，你很认真地看着我说，你怎么一下子这么胖了？我都要抱不动你们娘俩了。你满眼新奇地看着孩子把我的肚子顶起一个一个的包包，你说，太神奇了，孩子是在和我打招呼吗？于是，我临时决定“绑架”你一起去拍了孕妇照，嗯，这是我们第一张全家福，我们的家终于完整了。

初春的天气乍暖还寒，知道你怕冷，帮你收拾行李的时候，我找出一件羊毛衫放在行李的最上面。你笑笑，说，还是媳妇疼我。我的眼泪就这么流下来了，每次问你几天能回来，你都说不知道，得看情况。就是这句“不知道”，每回都让我的心里慌慌的。你抱着我的时候，肚了挡在我们的拥抱之间，肚子里的娃狠狠地踹了我一脚，是在提醒妈妈要坚强吗？

那天早上，阳光很好，你早早地就起床了，还特意做了我爱吃的酱油烹鸡蛋。我特意给你穿了一件红色的外套，真精神。我站在窗边看着你慢慢走远，一直到很远，我都还能看见那个红色的背影。你说不让我哭的，我就真的忍住了没哭。

第十天了，每天晚上吃过晚饭，我就开始等你的电话。西南地区的那个山区小城，信号总是不稳定，经常说着说着，我就听不到你的声音了。你说，嫌疑人的反侦查意识很强，你们的工作不顺利，可能要多耽搁一些时间了。我的心突然就紧了一下，却也只轻轻说一句，注意安全，我和孩子等你回来。

第二十二天，儿子突然就迫不及待地来到了这个世界，你没来得及赶回来见证那一刻。视频通话时，你从镜头里看见儿子的时候，我看见你哭了，也看见屏幕那边的你抬起手了，想摸摸他是吗？别着急，孩子他爸，等你回来，可以天天抱。我们一起陪着他，他一点一点长大，我们一点一点老去。

第二十七天，本该听到你声音的时间，我没接到你的电话，一直到晚上 10 点，你领导到家里来了，我好像突然意识到什么，刚刚从沙发上站起的我，一下又跌坐了回去。领导哽咽着说，抓捕的时候，你冲在最前面，被嫌疑人的自制土枪击中，正在抢救，希望我节哀。节哀是什么意思？你都还没见过你儿子呢，我为什么要节哀？我抬手抹了一下眼睛，竟然没有眼泪。你一直说不让我哭，我就忍着不哭，难道已经忍成习惯了吗？

可是，现在我后悔了，我为什么不哭呢？如果，每次我都让你看见我撕心裂肺的大哭，你是不是就不舍得离开我了？老天是不是就不舍得带你走了？

你知道吗？有时候，我会后悔得彻夜难眠，早知如此，你在的时候，我就该把累的回家倒头就睡的你喊起来，陪我多说说话，挤出时间来，把那些我们说过要一起去但没来得及去的地方都走一遍，这样，才能有足够多的回忆，让我在漫漫岁月中一点一点地回味。

你说过，我们要白头偕老的，你没有履行你的承诺。我永远也看不到你两鬓斑白的样子了，你也看不到我满脸的皱纹了。也好，我们最后的记忆定格的是我们永远的青春飞扬和无怨无悔。

有风吹在脸上凉凉的，我看见你面前的鲜花微微点了点头，是你回来了吗？

（原载《人民公安报》2016 年 4 月 1 日）

老邓走了

李晓光

老邓走了。接到这个短信，适逢我在另一个城市的窗口隔着厚厚的窗玻璃望着窗外群山跌宕起伏在云雾里。北方朦胧的冬色里，天外飘着雪花儿。倘不仔细看根本看不出是在下雪。那些细小的雪花儿，渐渐在远处指点江山，一会儿工夫就来到了我的窗外。也就是说，因为那个短信，我忽略了这场冬天里的雪。

一直觉得欠老邓一篇文字。这篇文字酝酿了好久却一直没有动笔。我也不知道两年来我的笔尖为什么走得这么缓慢，似乎是在等这场落在雪里的黄昏吗？如果是这个想法，我为这种卑鄙的想法而感到汗颜。

说实话，说写老邓，不是找理由搪塞，而是

总觉得欠了些火候。他的故事穿过茫茫荒原，落户在那个中俄边境线边上的东安镇附近。一如老邓扎根在那个边陲农场工作了好多年一样。他在那里直熬到两鬓起了霜花儿。老邓是个普通的社区民警，他一心扑在老百姓身上，甚至连万里之遥的老家四川也很少造访，用他的话说，等到退休闲下来的时候再来弥补这个缺憾。他就是栽下来的一棵抵御风沙的树。他曾经作为黑龙江垦区唯一的一名爱民模范，参加过在人民大会堂举行的全国公安机关爱民模范先进事迹报告会，据说当年胡锦涛等国家领导人与他亲切地握过手。在千万个社区民警中，他是其中的一个，也是很优秀的一个之一。老邓的字典里应该只有八个字：埋头苦干，真诚奉献！

老邓的故事，我知道的似乎很多，但是我对他了解得确实那样少。

我与老邓见面不超过三次，包括最后一次在人群中他牵着一个小孩子与我擦肩而过，远去的背影趔趄着，行走缓慢而迟疑。但是，他的名字自从我来到垦区不久就已经知道了。第一次看到老邓，也是第一次近距离接触他，应该是在 2013 年的初夏时节。记得正是在北大荒插秧的季节里，我与老邓同坐一辆车去佳木斯参加黑龙江省公安厅举办的“社会作家进警营，警营作家下基层”创作采风活动。来自全省的知名作家采风团走进警营，体验生活，感知着基层民警的苦与乐，也给了工作在基层的热爱文学、默默写作的民警以鼓舞和振奋。

那次参加采风活动，由于会期提前了，我准备的一些自创的文学作品没有来得及装订，只好在去往佳木斯的车上分册装订。而前座的另一个分局的王哥早已准备了一大摞装成卷的事迹材料整齐有序地摆放在那里。我们坐上了指挥中心魏主任的车，王哥坐在副驾，我和老邓坐在后座，我一边忙乱地整理着这些作品，一边紧张地抬眼望着窗外。那碧绿的稻苗刚刚插在秧田中，一排排清一色的绿，像仪仗队在接受检阅一样，我贪婪地看着窗外，又赶紧地投入我的工作中。而只有老邓，跟没事人似的，他什么也没带，也不用为这份工作操心，享受着窗外的美景。我不禁暗想，老邓参加这次会议汇报什么呢？

我终于将打印的文字材料装订好，这时才发现车窗外不知什么时候下起了雨。记忆最深的也是不能释怀的一件事，有人问他今后的打算，老邓说等自己退休后，买一辆自行车，带着老伴去旅游，环游世界。那时，说实话，我并不知道老邓得了那么严重的病，满以为他一定能等到退休的那一天，至于骑着自行车去旅行，倒认为不是一件容易的事。他那话应该是对自己说的，又是对窗外的稻田说的，因为他说这话的时候，没有人搭茬儿。我不知道前面的两位是什么态度，也许，他们深深知道老邓的病有多重，所以不忍心打扰老邓那个美好的计划。

车子在雨中行驶了一会儿，就到达了佳木斯市公安局。雨突然大了起来。我们赶紧下车从大雨中跑进公安局大楼。一会儿，作家们在政治部宣传处处长也是全国著名诗人艾明波的带领下，也到了佳木斯市公安局。这时主持会议的市局同志召集与会民警们与采风团的社会作家们拍集体照，记得老邓站在我后面不远的地方，眼神专注傻傻地望着远方。

会议室里，老邓被特邀到主席台右侧就座，他似乎有些局促不安，似乎又是那样的挺拔，边防战士退伍的他，在警察岗位上又坚守了二十多年，像一棵白桦树一样挺拔着绽放自己的洁白，在北方这片沃野上。当艾处长提到老邓并让他发言时，他略带川味的口音里，不露声色地以一个普通民警的身份阐释着所从事的职业以及这份职业带给他的骄傲和自豪，像他的人一样，那些朴素的话语，不时引出一阵阵雷鸣般的掌声，最朴实的才是最美好的，也是最能打动人心的！那一刻，我不禁有些感动，为着前面的战友——老邓，为着身上这蓝色的警服和那闪闪发光的警徽！我行起了庄严的注目礼。

老邓还是没有等到退休那一天的到来，去年夏天，他就倒下了。我在一篇报道中看到了局党委领导去他榻前探望，羸弱的他瘦骨嶙峋地躺在床上，心想着他的日子不多了。

从夏天到秋天一直没有听到有关他的消息，很不人道的想法是老邓还没走吗？老邓最终没有挨过这个冬天，在圣诞节来的时候，他驾着一朵雪花儿飞走了。在这个清冷的清晨里，我想象着送别老邓的场面，一定有一片开在北方的雪花儿为他送行。庄严的警徽下面分明写着：邓功富到此一游。平凡的双脚踩出两行不平凡的足迹，他彻底自由了，终于摆脱了重病的折磨，到很远的地方云游去了。

这次一定是忘记了他久违的自行车。

（原载“中国公安文学精选网”2016年2月23日）

长大后，我就成了你

郭　红

潘桂明，贵阳铁路公安处乘警支队民警。为保护旅客生命安全，与持刀歹徒英勇搏斗，壮烈牺牲。被追授“全国公安系统二级英雄模范”“人民铁道卫士”称号。

在潘璐的记忆里，父亲的形象是模糊的。他牺牲那一年，她才四岁。她不能清晰地想起父亲的样子，却记得奶奶家衣柜里藏着个铁盒子，里面装着有关父亲的已泛黄的旧报纸；记得小时候家里总挂着一套父亲穿过的绿色警服，那套绿警服在记忆深处陪伴着她，让她从小就立志要当一名警察。二十二年后，她如愿以偿，不仅穿上警服，而且加入了父亲生前所在的贵阳乘警支队，成为一名和父亲一样的铁路乘警。

到乘警支队后，好多老民警专程来看她，对她说起父亲当年的往事。在他们的回忆里，潘璐才真正了解、还原了一个生动饱满的父亲形象。

她第一次知道，在父亲牺牲的那个凌晨，他刚与同组民警钟玉新巡视了一遍硬座车厢。在严重超员的列车里，巡上一圈，需要一两个小时，他们的警服，都已被汗水浸得湿透。刚回到餐车，捧起一碗煎蛋面，听到车厢有人持刀伤人，他转身就冲了出去。

她第一次知道，在父亲被送往医院的途中，大家检查他的配枪，发现子弹已经上膛，可在严重超员的列车上，为避免伤及无辜，他最终还是放弃了开枪，以血肉之躯与歹徒进行了生死搏斗。

她第一次知道，父亲留在世上的最后一句话是“拉闸!”在身负重伤急需赶到前方站治疗时，为了让战友能够绕开拥挤的车厢，从车下尽快赶来制伏凶徒，他命令列车员拉下紧急制动阀，不顾自己的伤情，选择让旅客免遭更大伤害，罪恶得到及时惩罚。

她第一次知道，父亲曾在列车上抓获过非法携带“五四”式手枪的歹徒，曾捣毁过长期在旅客列车上抢劫犯罪的团伙，曾抓获过许多偷盗运输物资的违法人员，也发现过许多爬乘货运列车的出走儿童，并一个个把他们送回了家中。

她也第一次知道，父亲是个有点儿内向、较真儿，却又善良热情的人。他喜欢象棋、围棋，虽然水平不太高，棋品却很好；他喜欢足球，每趟出乘总要买份《足球报》带上车，也曾为了丹麦队意外夺取欧洲杯而欢叫疯狂。

对父亲的了解越多，潘璐仿佛越能感觉到，父亲在冥冥中的陪伴与指引。每次从单位荣誉墙上的父亲照片前走过，她都会与父亲对视一眼，父亲的目光，让她感到温暖而踏实。

每年清明，乘警支队都会组织民警到潘桂明烈士墓前祭扫缅怀；新警入队，烈士的英雄事迹也是必上一课。而这样的场合，潘璐总想回避。她说，家里几乎没人主动提起父亲，“所有的念想都在心里!”

是啊，有种记忆，看似平淡，却刻骨铭心。它是藏进衣柜里的铁盒，是同组民警二十年后依然张口就来的“那是 7 月 13 日”，是潘璐印象中那套飘飘荡荡的绿色警服，在岁月中泛黄，却历久弥深。

有种缅怀，无须言语，只见行动。烈士牺牲后，乘警支队捷报频传、人才辈出；时代在发展，列车治安环境不断改善、反恐防暴应急处突机制不断健全。英雄远走、精神长存，传承与发展，才是最好的告慰与缅怀。

“长大后，我就成了你!”走出门来，潘璐看着墙上的父亲，轻轻地说。门外，云虽然厚，天却依然很蓝。

（原载《人民公安报》2016 年 9 月）

天边有一簇“圣火”

刘　云

那天我轮休，天刚亮，就被急促的电话铃声唤起。

来电话的是我铁路警校的同学——许子。

许子，什么事？我睡眼蒙眬地问。

石磊走了，走得很突然，同学们都来看看吧！

你别吓我！什么原因走的？

脑梗塞，电话那边许子哀叹道。

许子的话如同这冬季的寒冷突入骨髓，我整个人顿时像一根冰棍似的立在寒冷的空气中不知所措。

这怎么可能？前几天我还与他通过电话。我记得，石磊在电话里说，因为长时间工作在贵昆线上的大山深处，他与妻子和女儿在一起的时间非常少，导致夫妻感情逐渐疏远，终至分手。石磊说，他从不怪他的前妻，尤其觉得对不起的是女儿和父母。女儿正上初中，即将毕业，不仅乖巧懂事，而且学习成绩也不让他操心，他感到很欣慰，但同时也为很少陪伴女儿而内疚！

他还告诉我，他的母亲正患病住院，他没有时间去陪护……

我无法相信与他的这次通话竟然成了最后的诀别，泪水不停地从眼角滑落。

石磊是我在警校时的同学，今年刚满四十二岁，向来少言寡语。在警校读书时，他跟我同一宿舍。一米七四挺拔又健美的身姿青春而阳刚。

记得开学第一天，为了讨好我这个老乡，他把“圣火”牌香烟分享给我，说六枝人喜欢抽这烟，一是烟的品质好，二是烟的名称好。他还怕我不懂，接下来又补充说道，“圣火”是团结、友爱、互助之火的意思。

我吸着他带来的“圣火”牌香烟，享受着他分享的这份浓浓的情意，笑着说，我们是老乡，又是同窗，就让我们的缘分从“圣火”牌香烟开始吧。

下午五点，我们警校的同学在六枝聚齐，这是参加工作后第二次相聚，遗憾的是亲爱的战友已与我们生死相隔，只能绕着冰棺与他诉说。

每个人的心情都很沉重，都不敢相信向来身强体健的石磊走得如此匆忙，匆忙得来不及向父母告别，来不及向战友告别，来不及向女儿告别，也来不及向他深爱的大山告别。

我们这群同学中，人至中年，石磊是身材唯一没有走样的。每天近十公里的线路巡查让他的体形保持得近乎完美，完美得没有谁能想到他会突然离开。

每个人心里都明白，同学相聚是多么不容易，尤其是警察。六枝的天阴阴的，看不到一丝云彩。一向活跃的曾斌、子瑜、许子、健哥也变得沉默。许子说，大家都来了，我们一起给石磊上炷香吧！

灵堂前，石磊的父亲蹒跚上前，拉着我们的手不停地抽泣着，稀疏银白的头发显得有些蓬乱，沧桑落寞的脸颊，老泪不停地渗出。我们理解老人的心情，老年丧子，让这个家一夜间陷入无限的悲伤之中。我们除去送上慰问金，剩下的只能不住地重复——我们和石磊是兄弟，有困难就来找我们。

一阵鞭炮的声音刺破天空的寒冷，灵堂外亲友们架起煤堆，火焰在无情的空气中却再也无法温暖他冰凉的躯体。那些铁路沿线闻讯赶来的村民，逐个绕着石磊的遗体为他送行，我无法想象他正生病住院的母亲企盼着儿子接她出院的情景。

我至今无法抹去那段悲伤的记忆，梦中时常浮现出石磊的影子。

当年那个伏在寝室的书桌上给父母写信的身影，执着和坚持触动着同寝室的每一个同学，感染着每一个青春的灵魂。大家纷纷向他学习，也在纸上向家人和朋友传递出异乡的感受，学校的管理老师竖起拇指直夸510寝室是一群懂事的孩子。

每逢寒暑假，他的行李包总是最大和最有分量的。他把郑州的土特产搬运回家中分给亲人和朋友，返校时又把六枝的土特产捎回分给警校的同学，他总是这样乐此不疲扛着沉甸甸的幸福奔走，在来回拥挤的列车上做一个搬运工。

毕业后他如愿分在父母身边，多年的工作能力和资历，他完全可以陪在父母身边，但他没有，却选择了长期的坚守，为的是把机会留给所里的年轻民警，让他们早日成家立业。

花开花落，跟随他的徒弟走了一拨又一拨，有好多徒弟都当上了领导，而他却就是舍不得走。

他是家中唯一有正式工作的子女，父母非常希望他能留在所里工作，这样相互之间也好有个照应。但他却主动请战在贵昆线上环境艰苦的小站，在鸟都飞不出去的大山里，一住便是二十年。因为工作违背了父母的愿望，父母妻子对他颇有微词。

他一直在小站工作，不是舍不得离开，而是早已把沿线的村民当成了他的家人，每家每户的牛羊猪狗他都了然于胸，村民们有什么大情小事都乐意给他讲，他也借此机会，经常向村民们宣讲《铁路法》《治安管理处罚法》等法律法规，因而他的辖区在贵昆线上是犯罪率最低的。

我曾连续几年在公安处优秀民警表彰会上见过他，他告诉我，村民们舍不得他，也离不开他，他也离不开相处了二十年的村民们，他顺理成章成了村民们的法律顾问，把铁路沿线的各项工作开展得有声有色。各项工作得心应手，他也连年被评为派出所的模范标兵。他不是不想走，而是放不下，一旦真的走了，他害怕割不断对村民们的思念，割不断对大山的思念。

他在电话里常对我说，贵昆铁路线上的大山高大、挺拔、峻美，像一只只雄鹰，穿山而过的铁路，是鹰的血管，那些来往奔驰的列车，是大山沸腾的血液……并希望我有空时到他工作的地方看一看。他说他爱贵昆线上的每一条河流，那些河流像母亲的泪，清澈、晶莹剔透而又饱含深情。每当看到铁路旁的每一条河流，就仿佛看见自己的母亲，除了歉疚，还是歉疚……枕着贵昆线入眠，聆听着列车在钢轨上弹奏的音符入梦，想象着月光抚摸着女儿的轩窗，吻着女儿脸上的笑容，就是他最幸福的时候。

他走了，他的为人处世风格让我再次想起“圣火”牌香烟，这是他最喜欢抽的家乡烟，巧合的是，“圣火”香烟已经不再生产。它和他一样，从大山深处走出，点燃了“团结、友爱、互助之火”，最终又让灵魂回归大山深处，再也没有烦恼，再也没有放不下。

新年里，我们每个同学都收到一条短信：“我是石磊的女儿，我不知道您是叔叔还是阿姨，我真心地感谢您，祝您和您的家人平平安安、健健康康、幸福地生活下去”。同一条短信，连续两年春节，在春寒料峭的时节，如同迎春花穿透寒冷，在美好的人间传递着浓浓的暖意。他走了，“团结、友爱、互助之火”，却像这条短信一样，一直在延续。

仰望着满天的星斗，我不知道哪一颗是他发出的光芒，也不知道他是否还有话要说，但在我心里，他已融入大山，幻化为天边一簇永不熄灭的圣火。

（原载《啄木鸟·公安文学专号》2016 年夏季号）

诗　歌
（2016 年度）

我的警察兄弟

徐国志

站在土梁上　想让目光
再高些　越过前面的一道道
山峰　就能看见南方的大雨
和洪水　就能看见泥水里
我的警察兄弟

现在　气温还在爬高
再高一些　气浪的热
就高出滚烫的体温
我的周身都被热气熏烤
可是　我依然站在烈日下

我在用自己的方式向南方
靠拢　向洪水汹涌的江西
湖南　湖北　安徽　向赣江　湘江

向激流拍岸的长江望过去
我多想送去伸了又伸的手臂

可是　现在　除了几句诗行
和心底的祝福　我什么也做不了
我甚至不能说出安慰　我知道
你们不需要　你们脚下是坚实的土地
你们头上是光芒四射的警徽

是你们啊　用血肉之躯
撑起阴雨连绵的天气
是你们　用嘶哑的嗓子
喊亮黑暗中的灯盏
是你们　用手臂连接激流中的方舟

还是你们　用泥水泡不烂
的脚掌　踩实即将溃坝的堤岸
你们不需要那些廉价的叫喊
你们是祖国忠诚的儿子
你们是人民贴心的子弟

我站立的地方　四周是
一片片青青的小草　在太阳下
举起小手　有一两株还开着小花
这些小草　谦逊朴实
用无华的绿色回馈大地

高处　有一群麻雀唧喳喳飞过
还有几只乌鸦落在树枝上
许是飞虫都躲在阴凉下

抑或走兽遗留的腐肉没有吃够
它们喑哑的叫声让空气更加沉闷

我只想脚下的土梁再高些
这样就可以将连绵的山岗越过
我想将祖传的棒槌山送去
它被郦道元徐霞客批注过
它在神话里堵过喷吐的海眼

我在写一部关于沙漠的文字
如果可以　真想让每一粒沙子
都抱住一滴水珠　让每一方
文字都变成铅块　垛在堤岸上
替你们　阻挡滔滔的河水

如果这些还不够　那么
将我骨骼中的钙拿去
将我血液中的鲜红拿去
甚至将整个的我也拿去
我是警察　多想和你们站在一起

（原载《人民公安报》2016 年 7 月 8 日）

星　空

侯　马

火被扑灭后
民警告诉他
人没找到
消防队员
在滚烫的砖石、土坯中
继续翻找
腾起的尘烟
灰烬
急速地飞向天空
天空中布满了
清澈温馨的
星星
这儿离天安门
七十公里

离星空却仿佛近了一万公里
凛冽的深秋
守着静默的群山
找到了
在老屋的坑角
这应该是头颅
这半截像胳膊
消防队员可以撤了
请法医进来
近年来，他起立过猛
会眼冒金星
看到耀眼的火点
而这一次
他竟然看到了
那场火灾之上的星空
又像遥远童年的星空
爷爷半夜把他喊醒
快回屋，下雨了
草原
或大海深处的星空
他的大脑像电脑换了一个屏保

（原载“中国公安文学精选网”2016 年 6 月 8 日）

仰望与倾听（组诗）

圻　子

别梅坑

他备下清酒、花生、两只杯盏，把血与骨
酝酿成抚慰的沉默
“未卜的前程是最险峻的山脉”。他送上绨袍
将祈望置于荒鸡的啼鸣

书生不问来处，在诗中我已察觉到
诸多折叠：觉醒的步履、苍凉的心灵……
别后，他将习惯
在时光内独白，对抗，收藏一路风雪

灯火之重，重在真纯而炽切，源自共有暗夜！

匆忙之间

匆忙之间，一场战斗打响
种种想象蛰伏，金黄的稻田空了
秋收的人群在捆扎粮食和衣物

暮晚熄灭枫树的火焰，稻草铺满四野
匆忙之间，冬天来临
冬日再次以白色的名义覆盖旷野

远山承受落日，像我故土上的亲人
成长、承担、挣扎，都是必须的
匆忙之间，理想主义成为一道生死题

征途尚远，有人相信
时光不会收割一切。在这里
远行的人将和我们一起烙下印记

纪念：张望的人

云雾掩映，武夷西麓人影攒动，河水漫上
膝盖。军号是一根根线，牵着故都的秋天
一个身影就是一生时光……

一直有人暗念，一直有人挥动手臂
学习啜泣的流水，一直有人从秋风里
抽出茧丝，把细碎的目光黏在一起

我看着那双张望了七十五年的眼

从清澈变为浑浊，风吹进来
黑白之间落下多少盐霜与雾滴？

她在村头停留，香樟树把一年一年的阴影
放下又收起。她孤单的身子
起于离别，起于一支支铜管的呼唤

那时青山拉出木桩、战马、渡船……
烽火熄灭。绵江、贡江和故乡一同低垂
越过河去，脚底沉重

我知道寂静肯定是那一块块裸露的
泥块，它们抱紧自己的灰尘
它们抱紧，以免被风吹散

我熟悉他们，带着丘陵里荒草的
气味。如同深夜带着火焰和叮咛
高过秋天也高过梦境

是的，爱人早已远行，张望的人
如今我该怎样将记忆的背影
写进清风涤柳的清晨，把长辫梳成发髻？

（原载《诗刊》2016年五月号上半月刊，获江西省文学创作重点扶持项目扶持）

为生命作证

——写给江西九江女法医黄丽霞

蜩　蜩

迎着风，迎着雨
迎着那些灯火般熄灭的生命
迎着血腥，迎着伤口
迎着面前泪水滂沱的亲人
她用缜密的、会思考的双手
为一宗宗案件打开一扇窗子
一点一滴，清晰呈现
一丝一毫，抵达真相
她就是为生命作证的人间天使
九江女警黄丽霞
赤诚、敬业的女法医
她带着星星般的品质：
朴素，坚强
果敢，明亮

你也许会问
一位女警察，能在血腥里
找出真相吗
柔软的心
能挖出隐匿在伤口后残忍的面孔吗
的确，在人们眼中
身着警服的女子
只适合在服务窗口一展身手
只适合与百姓拉拉家常
血腥与女子无关
罪案让红颜离开
而黄丽霞，警营里的啄木鸟
她勤勉的身姿只为一棵棵病树奔波
她瘦弱的肩膀竟能担起严酷的风霜！

请让我们回顾这一帧帧令人敬佩的画面
它们记载一位女法医的成长
更展示化茧成蝶的美丽：
2011年1月12日，面对焦黑的尸体
她摒弃女子的柔弱
迎着百姓的期待，迎着亲属的泪眼
在惨烈中，挖出罪恶的身影
2004年4月，隔着炎夏
隔着蛆虫，隔着漫漫无涯的阴阳
她用自己的双手
打开生命的真相，亡人已逝
她为生者写下证据
她为逝者写出证言！

黄丽霞，一个普通的名字
她的双手，为生命刻下证词！

那时候，当她还是懵懂孩童
当她还在编织梦想
她的父亲踩着星光归来
一身警服让他更加高大挺拔
闪闪的帽徽，在女儿幼小的心中
播下从警的种子
从此，她的命运铺就了一条
注定无比艰辛却又无上光荣的道路
她的梦里多了一些
比普通女孩儿更五彩斑斓的色彩

在高考的门槛前
孩提时的梦悄悄浮现
她选择了法医专业
那时候，她还不了解一名法医在警队的地位
还不清楚自己选择了怎样的人生
然而，她是一只勤奋好学的海鸥
义无反顾扎进知识的海洋
沿着生命的通道
孜孜不倦，探索打开迷宫的线索
一天一天，一年一年
她从一个站在生命之塔门口的孩子
长成了手握生命密码的人
驻守在生死的迷宫前
为生命作证

当她伫立在警营门前
满怀欢欣立下誓言，你的路上
开始忙忙碌碌
开始经历血与火的铸炼
开始面对生离死别
开始用她手中的解剖刀为亡者说话
她的世界，变成红色
她的时间，交给未知
从穿上警服的那天起
她就告别了那些美丽的事物：
裙子，高跟鞋，香水
逛街购物的时间，外出旅游的机会
所有女性追求的东西
离她如此遥远又如此陌生
她的事业坚硬如铁：
一声电话，直奔现场
迎着血腥，寻找真相
不会有泪水，更不会退缩
情感隐忍在内心
对生命的敬畏
全都呈现在手底
她看见的，是生命消逝的证据
她的双手，为生命打开飞升的羽翼

我们不能再去回顾那些案例
就让它们静静地留在卷宗里吧
曾经，她用美丽的心灵与会说话的双手
替这些凝固的血液、静止的躯体
理出清晰的脉络，写下明晰的证词

这些卷宗全都存进她大脑的档案库
她深深懂得：
敬畏生命，用真相替亡灵说话
是一个法医的操守
是她毕生秉持的信念
在大地上，她用朴素的理想
诠释着对生命无限的爱

十二年，六百多次出现场
解剖高度腐烂尸体八十多具
鉴定活体检验三千多起
出具各类法医鉴定无一例差错……
一个柔弱的女子
是以怎样的毅力立下赫赫战功
而这背后
是无数次面对血泊，尸首
是无数次面对腐烂，恶臭
是无数次战胜心理挑战
是无数次用她柔弱的肩膀
扛起为生命作证的力量！

然而，再铁血的女性
都有柔软的内心
她还记得一点一滴的温馨时刻：
懂事的孩子
明亮的双眼已经学会爱的表达
每次她出现场离家前
儿子都要轻轻亲吻她的额头
不忘说上一句："妈妈，早点回。"
做律师的丈夫

更是时时关爱着她
一声声叮嘱，饱含对妻子的爱意
在这样的时刻
她的心里肯定满含热泪

每次回首，一个声音
都会在她脑海里回响：
“我是警察，无悔终生！”
的确，她的所有都已经倾注到这个事业
她的世界，所有人都无法想象
触目惊心的罪案现场
冰凉坚硬的解剖台
没有风花雪月，更没有轻风摇曳
她在抽丝剥茧中
度过一个女性最美丽的时光
我愿意，我们愿意
轻轻地，叫她一声：
最美法医，黄丽霞！

（原载“中国公安文学精选网”2016年1月11日）

遥望春天那场落雪

杨　锦

并不是所有的春天都充满希望
并不是所有的美好都明媚鲜亮
并不是所有的花朵都绽放馨香
并不是所有的青春都一路阳光
每一个过往的春天里
只想为你写一首诗
为那个远去的背影
为那个永不回头的倔强
那一场落雪的春天
冷却了所有花朵开放的梦想
为你写下的每一个字
都会疼痛痉挛
写下每一行诗，都觉得岁月
苍老了许多

那一个落雪的春天里
我双手抚摸人间万物
却触不到你熟悉的脸庞
我驻足眺望十万大山
苍茫中却看不见你身影的方向
我只想对着太阳说话
让你长眠的山坡上绿草如茵
有花儿歌唱
有温暖的阳光照亮

从春天到春天有多远的距离
从思念到思念有多远的时光
我常常在夜晚的阳台
遥望灿烂的星空
寻找你的微笑
念着你熟悉的名字时
也总会热泪盈眶
我常常在清晨的街头
看着背着书包孩子的背影
仿佛看到你还和他们一样
正走在上学的路上
其实呀，你不曾离去
你就在我们的心里
埋在最深最深的地方
对你无尽的思念
就是我身上永远跳动的
另一颗心脏

（原载《人民公安报》2016年）

信仰的力量（外一首）

邓醒群

一级一级的台阶，轻轻地走上
目光，始终保持着仰视
那块耸入云霄的丰碑

这场秋雨，曾经荡涤旧日的时光
打碎披在肩上的枷锁
星星之火亮着，温暖着冰寒地冻的日子

那些熟悉，或不熟悉的
还有没来得及留下名字的人
都没有被遗忘，在星火燎原碑上
光芒涌动

该如何表达我的敬意，十万英烈
十万英烈啊，血把大别山浇绿

头颅垒起山峰高，坚硬的骨头
支撑着大山挺拔的腰

仰视丰碑，雨在下着
洗刷着灵魂，守护者没有迷失走路的方向

理想的火焰在燃烧，在这里
我读懂了信仰的
力量

无字碑

——谨献给长眠在葛藤山的140名公安英烈

雨，一直在下。天空低沉
这时，所有的脚步都放得很轻
很轻，很轻地。怕打扰你们的清梦
所有的目光都仰视着。仰视着
这块无字的丰碑

你在前世，我在今生
你不认识我，我却知道你为了谁
你姓甚名谁，都不重要了

秋风，秋雨，300多双泪眼蒙蒙中
看到了你们的身影和血性
在奔突着。那场惨烈而悲壮的阻击战
140个身躯，铸就140个高耸的山峰
刺向天穹。看啊
那些苍翠的树，圣洁的灵魂
光芒在闪耀。一条河奔向远方

这是你们的血在流淌着

道路两旁的父老乡亲在向我们招手
此情，此景。还有什么理由不砥砺前行

（原载《人民公安报》2016 年 11 月 25 日）

一个片儿警的端午节

柳永建

这个端午节
和往年没什么两样
推开清晨的门，你把单车
骑到你的一亩三分地
让心中的惦念
与蓬蓬勃勃的万物
一起动情地生长

你的笑容依旧
脚步丈量着一个寻常的日子
心中记录了一棵小草的梦想
你忙碌的身影后面
是无数双守望的眼睛
一如今天
你拎着妻子包裹的粽子

让孤寡多年的大妈
握着你的手久久不放

你知道社区虽小
百姓的事却比天大
你掏心窝的话儿
让失足的青年不再迷茫
让失和的家庭升腾希望
你做幼儿教师的妻子
也从你散发着
阳光味道的叮咛里，读懂了
一个片儿警的责任与担当

晚上，披着一身月色回家
迎接你的，是亲人
怜爱的目光
你满脸歉疚
听到妻子戏谑的一声
嗨！小草哥
你就无比释然。点开微博
用平安作鼠标
链接万家灯火
对话星星，问候明天的太阳

小城的荣誉里
你是中国好人
父老乡亲的心中
荡漾着你的一份粽子香

（原载《法制日报》2016 年 6 月 5 日）

警徽，闪耀的灯

许　敏

冰雪线上，火车里，街巷深处
警徽闪耀：一盏，两盏，三盏……
守望一次平安的出发
守护一次团圆的抵达
寒风凛冽，而你的目光
总挟一股热流穿越万水千山
让上天安排一场农历的大雪
来承载你的温情与暖意
当屋檐下的冰凌，被新一轮的寒流
冻结，我看到你头顶警徽
既拔刀除恶，也雪中送炭
走进小小村落、走进林区
走进深山寺庙，给每一寸
深情的土地，加盖平安印章
这个严冬，我无法说出

此刻的敬意与感动，就像二十年前
你值守过的派出所——
两名警察，三万乡亲
除夕夜，一辆警灯闪烁的巡逻车
把街边的灯火，次第点亮
其实，真爱和幸福都镌刻在这
无限秀丽的家园里，国是家，家
也是国，誓言和承诺，永嵌在
万家团圆的大红福字里，也盛在
年夜饭，你多年缺席的酒杯里
一样的岁月，一样的信念
春风会把这人间的芬芳斟满
冰雪线上，火车里，街巷深处
警徽闪耀：一盏，两盏，三盏……

（原载《人民公安报》2016年2月19日）

春天，写下你的暗香（外一首）

苏雨景

如今，春光正好
大地初碧，天空如一池净水
多么令人欢愉的时光啊
可是一见到桃花，就又想起了你
想起你衣装整齐，穿行其间
偶尔会用鼻子去嗅枝头的新蕊
之后满足地浅笑，你刚毅的面庞
绽满了生动的细节

你的质地，就是桃花的质地
以至于在经年的盛开中，不败
这让我忆起那些披星戴月的日子
和日子中深藏的风霜
你被沧桑青睐的骨头以破碎的绚烂
在人们心中留下了战栗，留下了豪情

留下了经久不灭的暗香
使我时时刻刻都能感觉到你的在场

年年岁岁花相似，幸好
这小小的桃花可以抚慰一部分想念
想念让人如此深情，此时
你亲切地来临，迎着人间的春风
脚步比任何时候都有力量
在我的对面，以平静的语调告诉我
——用心灵祭奠吧
但是，请不要再流泪

是啊，不要再流泪
如果穿过朗月遇见风暴
穿过盛开遇见凋零
穿过罪恶遇见血色
穿过岁月遇见别离
我不会再掩面长泣
因为，我已经顿悟了什么是轮回
什么是生命恒久的暗香

风拂四海店

——致张国森

如今，我来到四海店了，我真的来到四海店了
黑土地上的四海店，兴安岭上的四海店
老张的四海店，张国森的四海店
森不就是林吗？你与这片山林的缘分真像是天定啊
对吧？大哥

你的纪念馆很小、很简陋，这很像你的一生

从未住过华堂的一生，他们都说你决绝
一个在退休的前夜就独自离开的人的确太决绝
可是，放下了你所热爱的，人生就没有意义了
你便连生命一并放下了，是吗？大哥

站在你驻守了三十二年的林地
远远的，我看到云朵在小兴安岭的上空飘
走在这样的辽阔里，你的身子越发纤瘦
你的衣衫无所适从，被初秋的风高高抛起
又被一丛山梨的枝条轻轻拉了下来

你一路走着，山风悠长
你饮尽了它的刺骨，也领受过它吹送的花香
白桦树一年年长大，并生出魔幻的眼睛
它们的落叶层层叠叠，如时光的碎屑
缓缓漫过了一个饱含深情的敬礼和永别

初秋之后，这片山林会被覆上纯粹的雪
那是你铺开的柔情，一望无垠
那些草木的命运，因你的覆盖而温暖
你把那些弱小护送进春天的大门
却把自己孤独地关在了门外

一想到那换了新装的红松林
一想到红松林下面暗藏着的生机
一想到再也没有那个瘦削的身影穿行其间
我的心就更加悲伤起来
你知道吗？大哥

（原载《人民公安报》2016 年 4 月 1 日）

赶在黑夜醒来前出发（组诗）

符　建

喝出一杯酒的体温

酒的生命从秋风中的稻田开始
经过淘洗　浸泡　蒸煮　饱饮清凉的山泉水
随着酒曲孕育了一个春天
叫上一盘茴香豆或者花生米
在村口的小店　将一天劳作的
辛劳从额间皱纹抽去　微醺之下眉眼低垂

我曾努力地想去读懂父亲酒后蹒跚的脚步
读懂那只酩酊掉落的酒杯
直到有一天我也从宿醉中醒来
努力地拼接起失落的记忆片段
才知道酒中有一个小精灵　时隐时现

看看李白的月亮之殇　苏轼的青天之问
它很顽皮　在你寂寞困顿时
会一声声哄骗你　把人生的愁苦一饮而尽
如果你迷恋　它还会就着你的青春下酒
把希望带离原始耕耘的土壤
让薄凉的尘世无声地埋葬
然后它在挽乐中歌唱

城墙上的藤蔓

雨后　迈步穿行于历史的田埂
原野上　充满了光明　有着
秦国铁犁锄过的荒田
明清簇拥向荣的荷塘
在滚滚疾驰的风中　是否还有人
在空落的枝头凝望

二十一公里　柔软得像一缕
草木燃烧后的灰烟
在田间游动　探寻水中睡莲的秘密
可惜金戈铁马已成了地头
那一棵歪脖子树　闪闪烁烁
战鼓声声　也只是独自空守
凋零的朝堂

藤蔓悄悄探出城墙　揶揄深锁的
一个逃离的欲望

红军台

凭栏远望　十八个水潭
隐于群山峡谷中　温婉恬静
飞瀑穿行其间　溅起的水珠
串起密林深处跌宕的故事

俯身静看　一条条溪鱼
畅游于碧水　嬉戏玩闹
飞翔的蜂鸟　在崖壁间跃动
寻找风中暗藏约定的密语

硝烟过后　四个红军雕像
依然在坚守　如桐树坑八十多岁的老人
可以靠着风雨廊　慢酌整天细碎的时光
夕阳将他瘦削的背影
拉得很长

远　方

看着高原红景天在杯中旋转
起舞幻灭　一个沉睡了
十多年的色达
便醒了
成群的雪山从白云中走过
虔诚的梵唱把一个四分五裂
的夜重新拼凑

一条大路沿着大山的纹理

在雪域高原　冰川
峡谷间坚韧的前行
突来的暴雨　包裹着飘飞的经幡
在唐古拉山上空　散落
远方　一个喇嘛面对窗外的
风雨　静静地点燃面前的
一盏酥油灯

（原载《黄岩文学》2016年11月）

与贩毒者论灵魂

青蓝格格

提审他的时候
我的诗集被暴露了出来
我不是故意的
那一刻，仿佛有一种气息
把我的诗集
拽出来
或者说，提审他的时候
我心里正想着那首
我尚未完成的
诗歌
我记得诗歌的第一句
是这样的：我的身体犹如一枚
腐烂的果子
等待花开
当我思索如何开始
对他的

审讯的时候
这个贩毒的男人突然说：
“诗人警官，
你能用诗歌的语言，
描述一下我吗？”
我想了想
笑了一下对他说：
“若身体是果子，灵魂便是花开。
没有谁的灵魂天生是
腐烂的。”
接下来，我的审讯
变得异常顺利
我对这个贩毒男人的审讯
仿佛是我的灵魂在与
我的灵魂
对话——
而此刻，外面的风景是：
春暖花开……

（原载“中国公安文学精选网”2016年3月21日）

铁岭，返乡的第一程（组诗）

穆蕾蕾

铁岭，返乡的第一程

披荆斩棘，深入黑暗吟咏
就是为了凿光，为唤到长鸣的汽笛
跟一群夜莺返回迷雾重重的森林

那里是故乡，此生种种
都是为寻找家的讯息，买到一张返乡的车票
所谓诗歌、绘画、音乐，都是街头门面
一只总寄错方向的手
举起，垂下
举起，垂下……
唯一的售票员，唯一的主顾
总透过迷霾，校正着心的坐标

铁岭，是返乡第一程吗
仿佛八百里秦地在遥远处又蔓延一段
万物有灵，依依相送
穿越这坚硬的两个字——铁岭
会不会看到
故乡的荷花，在陌生的水域绽放……

冷

一

冷是一群恣意掠财的强盗
所触处，皆草木凋敝，雪锁冰河

冷是一个隐身荒野的小偷
进屋后，方知皮囊中热量被窃取无几

冷是被饿坏的孩子，根本慌不择食
连车辆房屋都要吃掉
空气中不时冒出的白烟，是它吞咽时的被呛声

冷整日间洪水围城，于是人心就化为铮铮硬骨
名曰“铁岭”

二

一只大白菜
从软到硬冻脆的过程，正在我体内进行

口琴依旧在耳畔吹奏着《山楂树》

想跟着和唱，但肌肉缓慢地凑不成一个表情
努力几下，连记忆都被冻没了
脑海根本闪不出那些歌词，而头脑被冻得死机
竟选择在冷风中狂奔

怎样的奔跑，能跑过冷的速度
每一处，都能听见它挡在骨头中那爽朗狂野的笑声

喝下一口口冰凌渣般清洌的空气
上车时，都拿不住手机
点开屏幕，只好自嘲信号都被撤岗

但我的，我们的笑容
却像东北这无法被冻住的阳光
穿过枯草孤树，正照耀着冰河上那发光的雪面

旅　途

一

光，是放养在世上的羊群
牧羊人挥动着太阳的软鞭，将羊群
从沈阳赶到西安，从中国赶到美国
而羊群，就沿着东西，沿着北半球到南半球
一遍一遍吃草
人就是这一茬茬枯而又黄的青草

二

起飞了，终于挣脱掉
地心引力，可以获得轻盈有力的飞翔

窗外大地却在变幻。麦田像布匹，道路是缝纫机织过的针线
那让人窒息过的城市，此刻也仿佛缀花的刺绣
全部大地只是地球的衣裳，我们全部的生命穿在谁身上

飞机继续上升，满世界成了珍珠饰品，一切庞大再次微乎其微
当云的庄稼地到来，我发觉人间只是海洋，人类就生活在空气的海底

而无限浩瀚的太空，巨大的星球也只是细胞，某个肌体的细胞
我们活在一个细胞中，如此微不足道
却携带肌体的呼吸，感觉它的律动，享受这不可思议的生命……

雪

一

雪带着晶莹，在入夜时分来临
像偷跑出羊圈的羊群，在这安静的街头窜动

一些本该休憩的青草却突然苏醒
因光芒的啃食而变得兴奋，仿佛被光一点点嚼进死亡中是幸福的
他们甚至吹着口琴唱着《山楂树》，迎接死亡满山开放

二

我的心有了越来越深的沉默，即使在一场邂逅的狂欢中
它都斟满宁静

因为隐秘在事物中如此穿行
我得清醒点，慎重点，才能在时空转换时心有觉察

但面对那凛凛雪片，我还是尖叫起来，带着迟钝被刺醒的喜悦

裴警官工作室

活着无凭，人需要惦念
就像掐下手指，证明自己存在
以人为镜，望清自己容颜

清冷的办公室，清冷的大屏幕
五十多岁，拧干了喧嚣与浮躁，开始变得寂静的年华
因这份惦念，可以独对枯燥的数据，无数的机械比对

一生面对过太多焦虑时的求助之眼
知道人时时可化为菩萨，普度危难中的众生
所以一袋丢失的豆包，在心头也有分量，何况手机笔记本车辆……

老奶奶落泪也是必然，回应人心是世上最珍贵的事
布满锦旗的楼道就是民心呼唤与警心回答的和谐凭证

如同空空山洞中的人在求助，永远有个声音在担当
出山洞的人，就用热血把记忆写上墙，铭刻从声音中获得的力量

（原载“中国公安文学精选网”2016 年 1 月 11 日）

温暖的大雪（组诗）

甲　戈

草帽警察佟江华

佟江华一直称自己是名草帽警察
每次说出这几个字　眼里都蓄满一汪水
望着他　能听见心跳敲击胸口的声响
那一刻　血液的热度　传遍我的全身
一种力量拉近了我与这位东北汉子的距离
从农民到一名治安员　从治安员到一名警察
十年　二十年　三十年　四十年
光阴一页页翻过　日子停满两鬓白发
身影　脚印被寒风吹动　被雨水打湿
畅通　平安的铁岭　定格在警徽的光亮里
放学的钟声响起　正好在门前相遇你的眼神

十字路口　红绿灯下　一条条斑马线上
交通警察支队支队长佟江华　始终在路上
高峰期的车流里　你的面孔在我眼前一闪而过
你的打油诗　字字句句有着一方水土的温暖
你和百姓近　百姓和你亲　草帽就是雨伞

裴警官工作室

铁岭市公安局交警支队的办公楼是一座老房子
佟江华支队长五十出头　这楼比他还年长几岁
裴警官工作室在一层　进门右手　抬头就能看见
房子老了故事就多了　就有了老感情　老念想
光荣街从老房子的屋檐下亲切　安详地流来流去
不知不觉延伸了一些日子的宽度　厚度　长度
门前的警徽浸透了岁月的光泽　更显出风骨
渐渐泛黄的场景　在眼前长出一片青枝绿叶
风　轻轻地吹动树梢　地面　吹醒了整个城市
几名老警察眼里　工作室和老房子是一家人
百姓心头老房子里有棵大树　根就扎在脚下黑土里
红透两面墙的锦旗是一枚枚果实　倾听着　诉说着
一滴眼泪落下来　打湿了伟人草书的五个字：为人民服务
我看见　照亮老房子的阳光　一缕缕停靠在千家万户的窗口

温暖的大雪

雪　飘起来　这是一朵一朵雪花开出的方言
紧贴着我的呼吸　紧贴着民间的风情　欢乐
雪　沾满我的睫毛和双唇　一股股香气扑面而来
空气是干净的　夜是干净的　灯光是干净的
东北小烧烫了又烫　让我醉倒在一朵朵雪花里

雪　想你吻湿的脸颊　想你一点点淹没我的脚窝
雪　张开双臂迎接远道而来的日子　我听见了
铁岭街头的雪　辽河两岸的雪　黑土地上的雪
我身体里的雪　这一刻　一朵一朵下得正好很温暖

冷也是一次花期

我前脚来到铁岭　后脚寒流就到了
一座城市的幽默　从街面上一页一页翻开
零下二十度　姑娘们的筒靴　丝袜提醒我
一定遗忘了什么　在某个时间　某个地点
比如　这首小诗只写到寒冷　只写到天气
却忽视了一场大风　或者一场大风的芳香
姑娘　让我直视你　直视你开放的时光
姑娘　诗人的文字和体温一样都在升高
你一定从众多眼神里察觉到了我的羞愧
再冷点吧　让我尽情地颤抖　为错过的人
为熟悉的人　或者陌生的人　想想你
一年一年　失去了多少本该欢呼的花期

（原载“中国公安文学精选网”2016 年 1 月 8 日）

凶器（外一首）

戴存伟

失踪半年，下水道中的包工头，
已是一堆骨头。金链子套在
骨头上，
头骨呈放射状碎裂，
明显钝击所为。查获凶手极其容易，
包工头与他媳妇的关系，
开塔吊的小张在天上看到，
伙房老李洗菜蹲在地上听到，
只是，开瓢用的——砖头
它已垒进一号楼的二层，
为了找到这块砖，
他指认，他砸墙，他破洞，
他干得真带劲

证　据

那个用笔戳瞎情人的眼睛
被割掉一个乳房的女人，
在纸上写下一个又一个词语：
“葡萄　樱桃　瓷器　小鹿
布袋　水滴
睡熟的两只小鸟。
山峰　花房　莲蓬
玉兔　鸽子
瞪着的一双大眼睛”

狱警小李用心地收起来
交给办案单位，
这些物品多汁，鲜嫩，易碎
她让他们放在一系列证据的最上面。

（原载《天津诗人》2016 年冬之卷）

这个春天，不像春天

——送别哈尔滨战友殷呈炜

艾明波

今天（2016 年 3 月 24 日），是送别殷呈炜的日子。以此诗悼念战友。

春已打过了六九的头，
可寒冷仍然扯着我的衣袖，
我问过一切的清晨，
可却没得到一个可靠的理由。
而我的答案已经清清楚楚，
因为
我又失去了一个战友。
这，不像个春天，
没有光泽只有哀愁，
天和心同时低沉，
直至悲伤把泪水划开一个豁口。
别了——

走了——
你的脚步踩死了这个春天，
以及发芽的枝柳。
是去赶一场清明的雨吗？
不然
为什么非要走在这个时候。
梦，已经留在值班的午夜，
枪，已经不在腰间上行走。
此刻，你就静静地
躺在大地的怀抱，
就像躺在故乡的炕头。
安详，正撕裂泪光，
疼痛，正压塌胸口，
你在怀念枪，
我在怀念你，
那就用祭奠为你披一身风裘吧，
也好抵挡那不可预知的寒秋。

写于 2016 年 3 月 24 凌晨

注：殷呈炜，哈市公安局南岗分局刑侦一大队政委。3 月 16 日，牺牲在工作岗位上。年仅 47 岁。殷呈炜先后从事过刑事技术、现行反扒、专案侦查和打击电信诈骗等多项刑侦工作，侦破了一系列大案要案，是我省打击电信诈骗犯罪首席专家。荣立个人二等功一次，三等功三次；先后荣获黑龙江省五一劳动奖章、“哈尔滨市民喜爱的好警察”等荣誉称号。

（原载“中国公安文学精选网”2016 年 3 月 24 日）

金寨：红军广场

王齐君

我不相信
霜降前的雨是冷的
连绵的雨
笼罩着无边无际的大别山
每一滴细雨
都如同你们握枪的手
抚着我们的头
拍打着我们的肩膀
弹去我们一身警服上的微尘
我们都能感受到
你们如同会师后
在和我们嘘寒问暖
我听到了你们一声声的问候

在云层和大地之间

你们的脸，坚毅刚强中带着温暖
在你们微笑的目光中
我听到了你们的万言嘱托
你们注视着三百人的队伍
就像我们想知道你们的音容
你们一定会记住我们的每一张脸

同我们一起站在雨中的
那些男女老少，那些朴实的乡亲
我坚信，他们都是你们的后代
红军，你们不怕远征难
万水千山只等闲
红军的后代
云层再厚再低，风再冷，雨再绵长
所凝聚的，都是坚强的信念
和无穷的力量

山林间
绿叶在雨中闪着晶莹的亮光
我看到
你们在《八月桂花遍地开》的歌声中
在弥漫着桂花香气的山间
穿着单薄的灰色衣衫
八角帽上的红星
分外醒目
那是一团团温暖的火苗
是你们的一颗颗赤诚之心
你们的身影
八十年来从未走远
一代代后人

始终凝望着你们
我们身着藏蓝
跟随着你们爬过雪山
走过草地的脚步
从祖国的四面八方
汇聚到你们身边

湿漉漉的台阶，一级级向上
我们登上一级级向上的台阶
是为更加接近你们崇高的灵魂
必须仰视
在细雨中缓缓抬头
透过雨线，仰望高高的纪念塔
那是你们用鲜血和生命树立起来的
你们的丰功伟绩
远远高过灰色的纪念塔
你们是中国军队的灵魂
你们谱写的
不仅仅是两万五千里长征壮歌
你们留给后人的
也不仅仅是生生不息的长征精神

一寸山河一寸血
一抔黄土一抔魂
在雨中，我们的拳头握得更紧
我们的脸上，已经学会你们的刚毅
誓词冲破云霄，在空中回响
与你们的理想信念，紧密融合
放心吧，让我们万分崇敬的将军们
放心吧，可亲可敬的红军战士们

洗礼过后
我们的信念，将如同你们一样坚定
我们将继承你们的长征精神
心中有信仰，脚下有力量
不忘初心，砥砺前行

（原载《人民公安报》2016年11月11日）

丰　碑

——为湖北省浠水县公安局和平英雄吴俊而作

余丁未

你相信了人比天大
自己就成为人群中一朵灿烂奇葩
你相信了英雄传承
就从黄继光董存瑞邱少云的背后出发
你相信了百姓父母
血肉之躯就毅然舍弃啦

穿过雾霾，沿着你的足迹
我们找到你的家，你的眼睛
过滤了英勇、孝顺和忠诚
空前绝后的那个瞬间
仅用一个向前扑地、覆盖的动作
你的生命就落地开花

世界因你沉寂、为你爆炸
无数双眼睛睁大了惊恐
多少碌碌无为，多少花前月下
多少前赴后继，多少星耀中华
黯然失色的，一言不发
昂首挺胸的，诠释着伟大

你惊世骇俗的跨步和前扑
让历史尘埃刮不出邪恶的风沙
你光明磊落的男儿气概
叫世俗偏见难找动荡的闲暇
你的灵魂携带你血淋淋的男儿身躯
向陈规陋习射出血中带红的尖啸子弹一发

你的名字叫吴俊！你用一双青筋毕露的大手
书写了人民警察的忠——贞——之——大
无数个吴俊，必将踏上你的征程
站在你的肩膀，向更高精神领域挺拔
人文道德，因你的壮举而光宗耀祖
无数森林般的臂膀，手捧历史，盼英雄早日回家

（原载“中国公安文学精选网”2016 年 2 月 29 日）

走过“八一”

臧思佳

翻阅当兵的履历
黎明的军号声
从我记忆深处飘溢
红肩章、绿军衣
从那一天起
它成了我最光荣的节日——八一

点数过往的晨曦
响亮的集结号
将青春的风帆扬起
海港守、边关立
在那一年里
它成了我最温暖的慰藉——八一

走过八一

走过那段红色的记忆
血迹、领章、扬军旗
那一缕温暖严冬的希冀

走过八一
走过战火纷飞的战役
硝烟、战壕、黑土地
那一声视死如归的壮语

走过八一
走过痛失国土的悲啼
界碑、条约、骨肉离
那一幕家破人亡的悲剧

走过八一
走过解放山河的笑语
锣鼓、红旗、军歌起
那一天军人笑靥最美丽

走过八一
就是走过昨天的哭泣
走过八一
就是走来今天的壮丽
走过八一
走不过军号嘹亮的记忆
走过八一
走不过对橄榄绿的珍惜

（原载《人民日报》2016 年 8 月 1 日）

今日警情（外一首）

沈秋伟

一切正常
日子晴好
城市的面孔白净无瑕
乡村的炊烟平直坚挺

今日全县警情九百四十起
每一朵警情背后
总有一个社会奇点
它扩散开去的引力波
致局部时空扭曲
弯曲的声音传不到杭州和北京
分贝只略大于花开之声

今日刑事案件三起
其中一起是QQ钓鱼

作案工具：信息剑
作案手段：无影术
直接损失：一万六
间接损失：警事无奈

今日大小交通事故八十六起
许多道路都很性急
各种粒子东奔西突
热闹的布朗运动
与人心的慌张互为表里
交通违法的大潮
冲击着法律的栏杆
也冲击着交警的心情

今日报警求助若干起
一个是爱犬走失
一个是爱人发狂
一个是酒醉子找家
这些带着燃点的电话
差一点将整个县城点燃
接警台高烧不退

今日一个警情值得一提
凌晨五时左右
刑警姚小军晕倒在
做电子笔录的键盘上
而他待产的妻子凌小贤
羊水提前一周汹涌开闸
他的手机无人接听
她生平第一次打了110

后来儿子顺产
小两口给他取名——
姚要凌

警察眼中的越轨

某种感觉在升级
某种陌生的感觉在逼近
警察感受到了引力的波动
某种厌恶的感觉在逼近
警察开始观察风的异动
某种悖德的感觉在逼近
警察看到了城池的细波

某种越轨在升级
某种事物违反准则和价值
一些树叶反季节脱落
警察开始用心情接住颓废
某种事物违反道德
落下的树叶砸疼了感情的路面
警察用调停的方法安抚伤口

某种作恶在升级
某种事物违反治安法规
人心与大地开始倾斜
警察用法度扶住颤抖的人心
而大地发生的倾斜已经定型
某种事物违反刑事法律
生命的山体开始崩落
警察用武器钳制罪恶保护生命

而崩落的山石无法飞回

某种邪佞在升级
某种事物违反人类本性
山河悲悯天地恸哭
警察收拾这人类的残局
双手被罪恶的碎片戳破
而血却在心间横流

某种事物绝对邪恶
纳粹在奥斯维辛演绎虐杀
日本鬼子在南京举行杀人比赛
恐龙灭绝
大地失血
警察与虫草一起毁灭

几劫几世之后
神性回到大地
警察与小草飞虫一起复活
开始新一轮博弈循环——
某种越轨在升级
警察搏斗在升级

（原载《人民公安报·剑兰周刊》2016 年 4 月 22 日）

橘　风

周　英

两千多年来
汨罗江依然奔腾不息
有一种精神在激荡　回旋
与黑暗交锋
与邪恶厮杀
即便是很微小
也要逆流而上
于是　几千年的汨罗浪涛
绽放出一波又一波橘风
彪炳史册

汨罗江　一直在呼喊着
一个民族血性的名字
你那纵身一跃

丈量了永远的爱国恤民深度
你　为什么如此抉择
你　用自己的生命捍卫的究竟是什么
无限的沉思　融入了这橘风
时光　掩埋了一切
却无法掩埋
人们对你的尊敬与爱戴

曾经迎着南国的橘风
楚地上　遍布着你深深浅浅的足迹
一个行走在橘林中的少年
意气风发
如荣华初绽
纯真高洁的橘树
沿江的路　纷披的绿叶
晕染着雪白的素花
此时的秭归之外　却是
生灵涂炭
烽火连天
你该迎一番怎样的景象

历经风雨　你在壮硕
一树坚挺的绿橘
傲然在广袤之间
深深扎根于民心国土
意气　凌空而立
品性　受命不迁
纵然面临百花并谢的岁暮
揽入祈愿的
依然是一片郁郁葱葱

两千多年走过
橘风
把你铸成了一卷史诗
诗性里有一种
坚毅的力量
圣洁的信仰
只有你
让一个民族
以一个节日的名义
举行盛大的祭典
只有你　举一树橘风
以坚贞不变的气节
高高映印在历史的天幕

（原载《中国纪检监察报》2016 年 6 月 10 日）

兄弟，永远在路上

逯春生

是什么让我这样匆忙
没有来得及
在这个晴朗的上午
看到你飞奔的车辆
离去的现场
一切只在瞬间
世俗如潮水势不可当
但你以子弹的姿态
撞击了我的心脏
你躲避迎面的善良
却没有力量躲闪
邪恶的中伤
兄弟，我也在路上

这只是一个惯常的日子
这本是一条平坦的路途

是什么让你不归
让春天心伤
是一个偏左的玩笑
还是一场蓄谋的伎俩
生命啊如花也如烟
兄弟，我也在路上

人们啊
为你守望的人
为你流血
为你护航的心
被你蹂躏
没有了温度的手
为什么错乱到罪恶的方向
兄弟，小心路上
荆棘丛生瞬间豺狼

兄弟，你在路上
我未曾此行
兄弟，你在路上
铁岭昌图悠悠路长
兄弟，在路上
哀歌汤汤
幼儿老娘
我扶我养
兄弟，永远在路上
警徽为灯光照此生
辉耀天堂

（原载“中国公安文学精选网”2016 年 3 月 15 日）

圣洁的光芒在我们手上延伸

杨　角

那种光芒，圣洁得
我无法面对

在天安门城楼，国门中央
我小小的帽檐上，那种光芒
照亮我的前额、眼睛和思想

麦穗和齿轮的图案悬挂几十年了
谁真正沉思过，弥漫其间那种颜色
最初的构想来自怎样一滴鲜血

血的鲜红一直在时代上空缭荡
像一团火焰
时刻拍击我平静的胸膛
那些用头颅叩开和平之门的生命

那些把血肉之躯砌进纪念碑的生命
在呼吸的最后一瞬
以怎样一种眼神
把心中的光芒传递给我们

那种光芒来自火焰，成为
躺下和没有躺下的幸存者恪守的
一句格言
燃烧的力量，推动着我们
挺进，从艰辛得只剩牺牲的日子
一步步跨进今天的平安……

火焰环绕金属燃烧
金属在火焰深处舞蹈
这样的构图到底意蕴着什么
夜色降临，人们在大地上睡去
大地在宇宙中睡去
我把这一片光芒从帽檐摘下，与
我的脸庞贴在一起
倾听金属在火焰中的歌声与誓言
我仿佛看见那种光芒
正在2/4拍的进行曲中
与一面红旗上升
看见我的兄弟右手平举
迈着整齐的方队，踏过
东方最宽阔的广场
火焰的声音在我的骨头里走动
我感到
一阵阵亢奋和疼痛。当那片光芒
和着晶莹的泪回到我颤抖的掌上

世界一片寂静
我充满献身的渴望，伸出手去
那圣洁的光芒，正在我手上延伸

（原载“中国公安文学精选网”2016年10月25日）

礼赞青春

任慧君

掀开画卷
流淌历史山河
云卷云舒
留下岁月尘封
逶迤山峦翻覆着青山绿水
桃李花下何曾不是舒婷的橡树

青春
从这里走来
面朝大海　拨浪前行
无视礁石的阻隔和前方未知的广袤
春暖花开　欣荣蓬勃
只见枝头的新绿和远方尖耸的白塔

青春

橄榄绿色的贝雷　交织着青涩短发
一步一动的黄土呼啸奔腾
果敢倔强的汗水倾洒而出
哪里有翻越　哪里就是方向
哪里有沟桥　哪里就是向往的路

青春
就在这里
东方一抹绯红的朝霞
映衬着　天安门前伫立挺拔的烁烁警徽
城市的熙攘繁华
昭告着　那一身藏青色浸染的平安灯火

青春
就在这里
明亮的双眸　直视危险　恐吓　甚至是寒冷　谩骂
匍匐的身体　无惧烈火　风霜　甚至是诱惑　死亡
哪里有危险　哪里就是前方
哪里有呼唤　哪里就是青春的赞歌

如果大海　要感谢那个因未知而破浪
温暖了它的孤独的行者　那一定是对青春的感谢
如果春天　要赞美那个因梦想而坚持
洁净了它的繁乱的朋友　那一定是对青春的赞美

几经风雨
岁月的白发已悄然开疆扩土
几度春秋
时间的皱纹已慢慢爬上了平原沟渠
这霜丝印痕

竟也成了　山川河流的组合
上面刻满了忠诚与坚毅
沉淀下正义与和谐
涤荡着青春无悔的　画卷

（原载“中国诗歌网”2016 年）

子　弹（外一首）

田　湘

一位柔弱的女人
举起了枪
也许是平生第一次
也许是最后一次

她射出了第一颗子弹
便戛然而止
即刻把枪放下
如同马放南山
留下巨大的悬念

或许，子弹已射向黑暗深处
崩塌一个罪恶的王朝
从此，再也没有战争
从此，再也不需要子弹

或许，子弹已射向那男子的心脏
如丘比特之箭
射向一场生死的爱情
从此，再也没有纷争

事实是
谁也不知道
那颗子弹
射向了哪里

云　说

云说
她的爱很轻
恨也很轻
她轻轻的脚步
不会踩伤我的前额——
可我为何如此疼痛

云说
她没有了爱
也没有了恨
她只愿浪迹天涯
黄昏时，成为迷途的羊羔——
可我为何如此把她牵挂

云说
爱是空
恨也是空

在这世间她一无所有
落泪时，慢慢消隐自己——
可我为何获得爱的滋润

云说
是时候了
走吧
爱恨都会随风飘散
一切都是过眼云烟——
可我为何在此刻见到了彩虹

（原载“中国公安文学精选网”2016 年 6 月 3 日）

车　站（外一首）

张　鑫

古城难得的几滴春雨
落满车窗玻璃
偶尔夹杂着几点泥
车站广场播放的各种神曲
还有充电宝和耳机
问路的南北东西

我每天背着书包
来回穿梭没有痕迹
恰好今天　城墙换了身上衣
红的灯笼灰的天气
还有互相奏鸣的火车汽笛

这里匆忙和等待的焦急

这里微笑和分别的哭泣
在这离别的车站里
你又想起了哪年冬季
你送谁从这里远去
你和谁相遇

夜　色

今夜
我看到城墙斑斓时
孩子找到妈妈
哭泣的样子
我听到汽笛响起时
恋人相拥团聚
幸福的故事

今夜
我与擦肩而过的你们
目光对视
那显示屏上到达的地址
为你旅途平安的开始
我站立的军姿
衬着古城夜色

今夜
你在匆匆人流中迷失
我用微笑为你指向
你想要去的位置

今夜
警徽将我们的辛勤装饰
微笑点缀夜的城市

（原载《参花》2016年12月）

白露成霜

周孟杰

超载的卡车摇摇晃晃
群山与黑夜将被运尽，露水落时
一辆卡车发出爆胎之声

空旷人间被睡梦剩下
逐利者驱赶大腹便便的货车
在暗处长驱直入

露水落下，黑夜长出白胡须
一切都在暗处变老
看吧，怀孕的卡车也避之不及

从露水腹部我读着人世
瓦片、车窗、信号灯、被运走的每粒沙子

及它一直含着，从不说出的秘密
（午夜执行任务。夜寒露垂，写诗吧！）

（原载“中国公安文学精选网”2016年10月26日）

走 吧

沈国徐

走吧，这无用的人世已经没有你能走的路
全天下已经泛滥的感动再也不适合放下你
不要抱怨没有相送的灯盏，二百万座桃形的石碑
就嵌在二百万个兄弟的胸腔里，续着

生命就是这样，都知道，都在等着
只不知何时忽然就提前散了。回头看
不过十里相送，白色的布条黑色的经幡
偷偷擦着从你名字里流出的眼泪
不过是你在暗处别人在明处，你的一生
迅速地在他们的记忆里相继闪过
就连这英雄的称呼也早被用旧
唯一的使用价值是让亲人擦拭出人类生生不息的秘密
相信国度
不如相信经书安慰“好人有好报，他正前往天国”

天国的火车，一直停靠在一本经书里
你一转身，便领到票。另一个世界繁华依旧
脱下这一身虚假迷醉的人间，该有多么的自由
现在你要闭上眼睛
再一次回答“你从哪里来，要去哪里”
经过这场俗世的牺牲，你越来越接近答案

万物总将属于万物的

（原载“中国公安文学精选网”2016 年 10 月 27 日）

婚礼开始了
新郎在高速公路抗冰雪现场忙碌

艾　璞

题记：2016 年 1 月 19 日，已请婚假的绍兴高速交警支队二大队（驻地在嵊州）交警徐哲伟，得知大队备战强寒潮抗冰雪任务后，主动请缨，回岗执勤。1 月 21 日晚，大雪纷飞，婚礼如期在老家举行，新郎徐哲伟缺席，他正在高速公路抗冰雪现场忙碌。1 月 24 日，大队圆满完成抗冰雪任务后，报请上级批准，特地接来新娘，趁徐哲伟执勤下班回来时，在食堂补办简朴的婚礼。

1 月 21 日　婚礼的大红请帖邀请来了大风冰雪
主角新郎徐哲伟不见了　出现在抗击冰雪的最前线
上下飞舞的铁锹　在你手中熟练地给暴雪狠狠一击
风雪阻隔了归乡的旅人　阻隔不了我对你的祝愿
下午 5 点 18 分　婚礼如期在老家绍兴市上虞区下管小镇举行
飘香的酒菜　灶膛里的炉火　碰杯的热情
抵不过家人的　倚窗眺望

扫雪　这是一种慢慢的巡逻
开车巡逻　这是把雪压在底下的解气
喜宴开始了　新郎正在高速上处理好一起交通事故
饥肠辘辘地抽空给新娘打去电话
“祝你今晚更美丽　好好招待客人　代表我表示歉意”
两小无猜　青梅竹马的新娘读懂你的心
浪漫的雪花裹住你坚硬的脸庞　这场雪浴纯洁　无瑕
不仅洗心　还给予世界一面对照的镜子

新郎只是缺席婚礼现场和亲朋好友见面
在备战强寒潮抗冰雪记录里　你是出满勤的
新娘泪流满面　那是感动理解的热泪
漫天的雪花带来新郎对来宾的歉意
哭吧　世界在哭泣中找寻突破的奇迹
哭吧　女人的哭泣只会让男人更加坚强
雪花代替了鲜花　雨水就是泪水
雪地里　新郎用一盒盒饭给自己加油
铲下片片冰凌　那是祝福的表白

迟到三天的礼花在驻地食堂的天空绚丽绽放
警营里轮休的兄弟　自掏腰包布置好喜庆现场
这是一场没有硝烟的战斗　警服胜过西服　给人安全感
嵊州的高速出口　盛产柔情蜜意的越剧
在民意的泥地上　你们走过的星光大道　越走越畅通
深一脚浅一脚的步履　是高潮回旋的音阶
默默守护的爱情　密码是接地气的大爱

你抛弃了小家的柔情　得到了大家的温暖
雪是爱情的见证　雪凝固的冰是骨头的硬度
风雪天　高速交警爱情之车　要低速低调行驶

在结婚殿堂里　真情慢慢地培养出一朵迎春花
我仿佛看到那是一张春天的脸庞　那是孩子般的笑脸

此时的雪花　就是一串盛开的烟花
抒情　温馨　亲切
抱一抱啊　抱一抱　抱得冬天也流泪
你我湿润的眼睛　洗濯久渴的心灵
内心充满阳光的人啊
是不会受到寒冷的侵袭

（原载“中国公安文学精选网”2016 年 1 月 27 日）

这一天，我们再次庄严宣誓

——记湖北来凤牺牲民警向雪飞

赵　琳

题记：2016年7月13日，湖北省来凤县公安局漫水派出所所长向雪飞在抓捕行动中，遭遇犯罪嫌疑人袭击，当场牺牲。

这一天，我的兄弟
你是我们心头
永远的痛。罪恶匕首扎下去
身边草丛倒下去

不忍眺望西天残阳。不忍
凝视你的老父老母
为你把一桌饭菜
热了又冷，冷了又热的贤妻和
趴着窗台，喊了一百声
爸爸的幼儿

泪再多，也挽不回东去的长江
操场上小鹿般敏捷的你
课堂上安静的你。挽不回
你的俊朗帅气

“恩施楷模·英雄榜”上
定格的英武兄弟啊
你带体温的身躯倒下去
庄严的国徽升起来
与铿锵的誓言一起，升上
鸽子传播平安的蓝天
惊飞满树悲哀

我们的呼唤那么苍白。我们
一大群名叫警察的人，怎么
就叫不醒相框里的兄弟
安慰的语言，吹不走
永别的痛楚
这一天心头永远的痛，像火
煅烧我们坚守的意义。为此
我们有足够的理由，仰望
兄弟血染的灵魂
举起右拳，再次庄严宣誓
——我志愿成为一名
中华人民共和国人民警察……

（原载《人民公安报》2016年7月22日）

守望的目光

雷学锋

夜深了
静静的森林里飘过
一阵阵夜来花香
难道是你
让它带上期盼
来到设伏的山岗

一缕风
树叶沙沙作响
有多少这样的夜晚
离家的背影
带走你的思念
凝望无月之夜的心伤

无眠夜

扯一块心的挂牵
遥寄花香
飞入你的梦乡
安静地睡吧
明天家务又要你来扛

天微白
百灵开始欢唱
警徽上的露珠
闪现青春的奔放
郁郁葱葱的大森林里
还有守望的目光

（原载“中国警察网”2016 年 4 月 25 日）

写给刑警的诗行（组诗）

王卿富

现场勘查

那一刻
一根银针落地
就是一声惊雷
那一隅
一颗沙砾错位
都是一种足迹
皮尺
量出了嫌犯思绪的长度
电筒
穿透了重重无形的迷障
照相机
将所有的问号尽收眼底

显微镜下
一个身影站立起来
表白一个真实的自我
镊子夹起的
是一串凶险的故事
还有那即将解开的方程式
猛然间
一个细微的发现
让刑警的脸上绽开花朵
阴云密布的心扉
流进引路的阳光

蹲　守

隐蔽处
藏着几双犀利的目光
连爬过的蚂蚁都悉数在案
门缝间
透入一个活剧的世界
于繁杂的动体间迅疾筛辨
树丛里
潜伏着一个草色土丘
落下一片树叶都拨动神经

分秒滴答
方寸聚焦
每一束视线都是扫描的射灯
连心跳声都成为贯耳的雷鸣
一个影子

一声响动
都可能成为目标的选项
神经的文档链接过客的行踪
紧盯
目光测量着嫌犯的步履
锁定
心之警铐早已扣紧

抓　捕

空气凝固了
化作随时迸发的力量
注入刑警每一根神经
时间定格了
迟缓一秒都是奢侈
瞬间才是计量单位
闪电式的脚步
猛虎般的动作
破门、擒拿、制伏
嫌犯的魂魄霎时飞天
当刑警凯旋的第一句话
我要美美地睡一觉

审　讯

一个眨眼
就是一道闪电
眸子里

伸出一把无形的剑
一声咳嗽
令嫌犯震颤
音色中
拉出一根牵魂的链

空气中
弥漫着智慧的分子
仿佛间
嫌犯的脑海中上演着
自由、快乐与手铐、狱镣的对话
于是
一个意念在那个灵魂中登顶——
罪行的纪录片
流淌成铁定的文字符号

（原载《云南警察文学》2016 年 12 月）

警察，你是大地上最美的一棵树

杨剑文

你是大地上最美的一棵树
你的名字叫：人民公安
你，和你的战友
挺拔着蓝色的身骨
流淌着红色的忠诚
用焚膏继晷的拼搏燃起蓝色火焰
销熔掉一切罪恶的利刃
用勇于担当的责任竖起金色盾牌
抵挡住一切邪恶的长矛
你是一棵树，但你有着
有着山的挺拔
有着石的坚强
有着海的胸怀

你是一棵树
你站立成大地上最美的一棵树

你是一棵树
站在乡村，要让大地收获喜悦
你是一棵树
站在城市，要让星光点亮正义
你是一棵树，你是大地最美的树
站在风中，要把罪恶的乌云撕裂
站在雨中，要把法治的光芒擦亮
你是一棵树，你要用
用补天之手，铸造熠熠警徽
用填海之心，锻造正义之剑
警徽，在心，正义巍然
利剑，在手，邪恶远离
双手，托举起百姓幸福
铁肩，守卫着祖国安宁
你是一棵树，大地上最美的树
你是祖国山河上最直的脊梁
无论白天还是黑夜，无论酷夏还是寒冬
你都要，呈现顶天立地的壮举
你无论奔波在他乡还是异国
你都要，担当勇往直前的使命

你是一棵树，大地上最美的树
身躯是笔，在夜幕的巨大稿纸上
书写案情记录行踪
你是一棵树，大地上最美的树
热血为墨，在黎明的庞大画卷里

重绘现场勾勒轨迹
你是一棵树，你说你是大地上最普通的一棵树
但是啊，就是这一棵普通的树
已然成为百姓安宁梦境的蓝色图腾
已然成为群众平安心海的定海神针
你是一棵蓝色的树，扎根在群众期望的土壤中
你是一棵最美的树，屹立在祖国梦想的天空下
你要用一生的心血，你要用一生的时间
站立成天空下、大地上，最最最最美丽的风景

你是一棵树
你是大地上最美的一棵树
顶起警徽诠释出的信念
生长警魂凝聚着的誓言
你冷峻背面的柔情，是你
纯洁而朴素的心声
你钢铁后面的山岳，是你
坚强而厚实的脊梁
你是一棵树，心中牢记：
群众平安的嘱托，人民安宁的期盼
这嘱托，就是使命
这期盼，就是担当就是责任
这些，都在
在你每一次的走访中擦亮
在你每一次的巡逻中靠近
在你每一次的抓捕中实现
你是一棵树，要似山峦凝固
你是一棵树，要如云海翻腾
你是一棵树，大地上最美的一棵树

一生都在惊涛骇浪
一往直前中书写传奇，擦亮法治之光
你是一棵树，大地上最美的树
一棵树的光芒，要刺穿黑暗，要照耀广阔大地

（原载《陕西公安》2016年第11期）

谁在前世约了你

蓝花布

谁在前世约了你
盏一碟灯油
摇曳一室光明
谁在前世约了你
袖一袂清风
吹送一缕温情
谁在前世约了你
系一叶扁舟
共济一生风雨
是我是我
是我打翻忘情水
用炼狱三世的舞蹈换来今生
再回约你的菩提树下
思念的网握成了根
坚贞的心长成了叶

（原载“中国公安文学精选网”2016 年 1 月 11 日）

警魂·悼战友

舟自横

且将，将时间凝固
冻结在关东
冻结成关东大地肃杀的悲情
那一刻
訇然倒塌的
是寒冷三月里不泯的英灵
是朔风北国中永恒的身影

刺耳的撞击声
回荡，回荡
回荡在凄凉的早晨
回荡在一个叫作毛家店的地方

血色升起，如花般绽放

你终于
终于结束了你的工作
结束了，自己的担当

归去来兮，那一刻
你是否想起了妻儿
是否想起了爹娘
你就没想过退却忍让吗
你明明知道
前方，是如此的丧心病狂

梵音唱起
大道钟声响亮
鲜花丛中的椁如铭文的青铜
见证染血的警装褪色的面庞
见证忠诚，见证信仰
见证，虽千万人吾往

在寒冷的早晨
我们失去了李强
战友啊，歇息吧
身后
还有一群如铁的脊梁！

注：现场逃跑两天的犯罪嫌疑人已被警方抓获……

（原载“中国公安文学精选网”2016年5月30日）

假　如

于国华

我是一条破旧的老船
身下布满牡蛎栖息的痕迹
每一处都是奋力的桨声和潮湿的心痛

海的天空晴朗
海鸥照样飞舞和鸣叫
而我的内心正在翻越无形的冰山

海风继续从好望角吹来
我的桅杆还能挑战死亡之海的魔咒吗
上帝赐予我一只烟斗

沉没和死亡并不可怕
人生就是一场游戏
说不定我的烟斗会有被拍卖的传奇

黑夜开始染就我的白发
从前的恐惧都遗忘在月亮的废墟
前进一步　都有迎接你的天使

我的洁白和我的真理
目前只剩下不屈不挠
今夜的人类正陷入大海燃烧的坟场

如果毁灭
就让我带血的头颅与海一起燃烧
我以战士的名誉照耀夜空含泪的星辰

地球啊　谁来救赎你的黑暗
就是我的船化为灰烬
我的白骨或短或长都会是一把锋利的剑

扬起帆　我的船还能开动
穿越红海就能到达约旦河的西岸
穹顶下的文明和大漠流血同在

人类的杀戮　从来就没有停止
耶路撒冷的城头有无数只鸽子不幸殉难
其中一只　背负重重的橄榄

（原载“中国公安文学精选网”2016年6月6日）

我找到了新的语言

翟营文

厌倦陈旧的语言很久了
它的气息里有腐烂的味道
在说着那些语言的时候
我是多么夸张而丑陋，现在
我终于找到了另一种语言
介于沉默和死亡之间
介于黑夜和闪电之间
充满着活力和光芒
这样的语言已经被神圣的灵魂
洗刷过了，岩石的坚硬
就是句子的坚硬
有时一颗星刚刚升起
无数的星星便一同跃起
像小孩子在纯净上练习跑步
趁他们还没有学会虚伪

和词汇相互映照
朋友、亲人、梦是最常用的
世界祥和而舒展
阳光是主题，秘密绝不等同于阴影
我说着自由自由自由，犹如空气
和风吹，我说着我的精神
我的精神此消彼长
请不要立即涉足它，至少
先要有对天空的仰望

（原载“中国公安文学精选网”2016 年 6 月 29 日）

所有的祈祷，都在烛光中诞生

土曼河

写到水，我必须一忍再忍
我怕眼睛里
这些天忽涨忽落的水再一次加重他们的负担
生命一再告急，一颗心
要如何起起伏伏，挺身而出
才能培植出更多肥沃踏实的还乡故土
一双脚要摆动多少次
才能完成一条鱼粉身碎骨后的哗变
一双手又要打捞多少次
才能编织出一张人民网海一般的胸怀

危难关头，你看
深蓝色的浮萍在远处燃起点点篝火
生死瞬间，你看
金色的盾牌在悬崖之巅举起夺目的灯塔

一个浪头打来，乍起的身影
像雄鹰一次次扎进深潭
巡航归来，你看
他们驾驶的战舰，羽翼簌簌掉落一地
那些搜救的“猎物”，在渴望，在挣扎，在呼喊，在胶着
“把他们安置于最高处”
“让最安全的气囊陪他们渡过最危险湍急的汛期”

所有的祈祷，都在烛光中诞生
在最遥远的西北边陲，我能做的
就是让这支铁打的营盘
在深夜的霓虹深处，不再为后背流泪
可亲可爱可敬可畏，我那些
生死与共的战友们哪！
想想身后无数翘首以待的亲人
盼望你们，平安归来！

写到水，我必须一忍再忍
我怕眼睛里翻滚的泥沙
再一次打湿我的案头
洪魔肆虐，决口汹涌
你所站的位置，有我们共同锻造的警魂
无论风雨再大，我们与你并肩
披星戴月，扛起风雨兼程！

（原载“中国公安文学精选网”2016年7月6日）

长城纪事

郑　伟

晨曦初晓

光明在寂静背后隐现
山川以破晓的姿态承接金黄
霞光浸染
城墙　在楼台与楼台交错的章节里
缓缓托起极目与仰视
在距天空最近的位置下　清醒
风在雾霭间穿行
呼唤旷野的虫鸣
从青山半倚的垛口处
衔起黎明

山里人家

蓬草在岁月之外
刚好能及秋风漫过的屋檐
门当安静伫立　与山顶的敌台
两两相望
青砖石瓦已风蚀残年
从回望的目光里　收集
尘世的悲悯
我和城墙已等待了千年
等待你来　叩响我半锈的门环

山城耸峙

群山比肩　与沟壑对峙
须屏住呼吸凝视　耸入云端的楼台
山岭隐去城墙的陡峭
把垛口垂直成　合十的手掌
傲骨铮然　连同苍翠从石缝中溢出
扑面而来的是峰巅接踵
起落间　弓弩沿着岌岌寥廓
向天际迸发　试问
山河大地谁主沉浮

金戈铁马

从未远离　当俯视承载了风霜
山坡和垄坎　褪色为沦陷的虔诚

行走于障墙如同与河山一起颠簸
马蹄声乱了悲欢　乱了那一季的蝉鸣
叩问长条石过往的步履
匍匐中澎湃着昂扬
请珍视这斑驳和风蚀的痕迹吧
擎起历史傲然的绝唱
且行且吟　这万里路遥的
沧桑与凝重

长城日出

天际空蒙　一只云雀可以唤醒一条龙
也可以　让一座城池的梦境
穿透轻纱叠嶂的云层
石涛和云海
追寻虔诚的敬畏
山脊无言　不曾被苦难提及
不曾被黑暗剥离
用高出尘世的信仰
捧出一轮血色殷红

铁骨铮铮

长城　更像一个动词
盘踞着百二山河
从石列队成迷阵
让戍边人在笑谈中饮下一杯从容
自然风物叠加鬼斧神工
将接踵侧立的峰峦向着完整延伸

如果再镇定一些
把阳光引向深入　宣泄关隘的壁垒
而信仰　是最牢固的城防

（原载《河北法制报》2016 年 11 月 15 日）

站在公安英烈纪念墙前

——在江西警察学院忠诚广场祭拜公安英烈有感

旷胡兰

绵绵的细雨
是江南的五月流不尽的泪
淋湿了这一面圣洁而厚重的白墙
也淋湿了
我这颗敏感而坚忍的心

肃立在汉白玉石的纪念墙前
默哀，致敬
青松和白云伴着不屈的长城
庄严的警帽之下
镌刻着 376 位公安烈士的英名

一个个年轻的生命
已经远去
他们，把正义留在了大地

而伤痛
却永远留给了自己的亲人

默念这一个个血气方刚的名字
回想那一副副或熟悉或陌生的
英勇无畏的身躯
忧伤，和沉重
早已如巨石压在了心头

时时有流血
日日有牺牲
和平的年代
是谁
把忠诚高高举起

铁骨铮铮
英雄泣血
为着社会的安定，民众的安宁
是谁
披肝沥胆，舍身成仁

（原载“中国公安文学精选网”2016年9月20日）

重走长征路

赵德印

阿爸
我已走在贵州的长征路上了
踏在弯弯石径上看见了汽车
可是我却不能招手乘坐
因为我的心中已装满了
装满了你那九十七岁高龄的集合
你在履行老班长光荣牺牲时的嘱托
要我也一定去到万里长征路上看看
让你的老战友也能看到晚辈的笑脸
尽情地展现一下胜利的容颜
今夜
我站在遵义会议旧址一侧
想到你和老班长相望的时刻
那魂牵梦绕的故地江河
还有那痛如宝马的独轮车

将期许了数十年的心愿扮作
扮作成一个反映长征的传说
再现一段革命战争故事的佳作
用生命诠释战争的悲歌
用希冀点染积贮的欢乐
阿爸
你所亲历的万里长征杰作
到后来我所期望的胜利经过
都是作为一个久经考验的战士爱过
爱是星星之火可以燎原的心得
爱是雪山草地的坚忍顽强之歌
爱是延安宝塔山下的英雄本色
如今我沿着你八十年前的路辙
将这个难忘的跋涉之旅组合
也用自己的双腿体验真实与苦涩

（原载《京郊日报》2016 年 9 月 12 日）

血　衣

——写在剑阁警察杜子成受伤一周年之际

王　勇

一件血衣
历时一年三百六十五天
在一个雨后的早晨
才抵达我诗歌的意境与纸上

当时
面对这血淋淋的警服
我与我的诗歌呆若木鸡　哑口无言
诗语已被吓倒
灵魂已被怔住
感动的笔墨没有挤出一个
像样的词
含泪的双眼没找到一句与之般配的诗

一年来　我一直在寻找

用什么样的词才能表达你的壮举
用什么样的句子
才能讴歌你面对歹徒
所表现出的英勇无畏

如今　这件血衣
在我心灵的上空高高悬挂
成为旗帜
引领着我和我诗歌的走向

（原载“中国公安文学精选网”2016 年 7 月 26 日）

四月的祭奠（组诗）

——给逝去的民警

漠　舟

清　明

雨，已纷飞成你的民俗
进入四月
春天把花蕊掩了又掩
腾给你一个安静的日子

总有风跃跃欲试
它的任性，纠缠，搔首弄姿
都被你记录在案情里
你在山坡上悠闲地翻阅它的前科
自信四月
会是一个安全的花期

真　相

你将身体沉了又沉
沉到街巷沉到泥土
后来，病痛让你的脸色
也跟着下沉

不是你不喜欢笑，只是
你腾不出更多的时间
来酝酿快乐的表情
不停的劳作，也让你
变成了一头反刍的牛
一有空闲，你就会回嚼那些
装进大脑里的警情

喜欢揭露真相的你
就这样带走了一个真相
你曾一次一次地忍着痛
把嘴角上扬成
温暖的符号

节　日

你和节日密不可分
但没有一个是你的

生前，你溺爱着那些日子
不惜挤占给父母给妻儿的爱
你避开欢声笑语，把身体

缩了又缩，把目光放了又放
欣然看着娇艳欲滴的花
从一双手传递到另一双手
看着彩旗借风喧哗尽情显摆
看着五颜六色的气球恣意膨胀
你就这么宠着它们惯着它们
让它们肆无忌惮地
占领人们的生活

每一个节日的背后
你都是快乐和平安的主谋
直到现在，你才可以
在细雨纷飞的四月里
安然度过属于你的节日

（原载“中国公安文学精选网”2016年5月27日）

如果有来生

夏　凯

引言：我父亲生于20世纪20年代，今年九十二岁。当年他逼我当警察，决定了我的人生事业。我对他一直抱有成见。去年大年三十他突然病重，姐姐们从四面八方赶回老家，她们接二连三地催促我回去。我连忙驱车往老家赶。高速公路上车流如梭，服务区的加油站排起了长龙。我在等待加油时，想起我和父亲之间的点点滴滴，想到我可能要错过和他的生死离别，这种离别一旦错过永远也无法弥补。我仿佛看见父亲去世了，安详地躺在我面前。那时候我感到既后悔又伤心，于是在手机上写下几行字。

今天，我站在你面前，看着你
而你，却不看我
你的沉默像一柄硕大的铁锤，砸碎了
我的心，我用泪水浸泡着所有的疼痛
洗刷着所有的悔恨
新年的鞭炮齐鸣，烟花绽放

而你，面容肃静，充耳不闻

亲爱的爸爸，今天我向你承诺
如果有来生，我还做一个警察
站成一根桩，无惧雨雪风霜
看车流滚滚，看世态炎凉
把所有来来去去的身影，和所有
似笑非笑的脸庞，一并收入
我坚定的目光
如果有来生，我还做一个警察
磨成一把剑，无惧鬼神嚣张
以威严和虔诚的姿态
追求别人的安康
如果有来生，我还做一个警察
走动如一面红旗，静止如一根拐杖
带走冬天的严寒，呈上春天的温暖
而我的回报，如你所说
灵魂归于天堂
如果有来生，我还做一个警察
警灯是我的眼睛，夜色是我的衣裳
守卫着高楼大厦，挂念着土砖瓦房
每当三月来临时，山花烂漫
你的坟头，将是一片芬芳

亲爱的爸爸，如果有来生
我还做你的儿子，还做一个警察
我的血液秉承着你的正义善良
我的色彩融合了天空的湛蓝，和
大地的苍黄

可是今天，爸爸
我站在你面前，看着你
而你，不言不语
不看我

后记：父亲见到我后，奇迹般地从床上坐起来。在亲友们的共同努力和悉心照料下，父亲现在病情平稳，可以出来晒太阳了。感谢上苍！

（原载“中国公安文学精选网”2016 年 3 月 1 日）

失　亲

——给公安烈士买买提江·托乎尼亚孜和他的女儿

代　雁

小姑娘一身警服，
坚强地噙住眼泪：
爸爸，
下辈子，
我不当你女儿了，
我要当你妈妈，
把世界上最伟大的爱，
都给你！

晚霞烧起来了，
剧烈地在夕阳下沸腾，
漫天的白云被染得血红！
幻化成一颗硕大的头颅，
在天际，看着，
微微地，

点了一下头。

注：买买提江·托乎尼亚孜，男，51 岁，生前是阿克苏地区公安局党委委员、副局长。2015 年 10 月 13 日，在拜城县执行搜捕任务时，被暴恐分子残忍杀害。其女喀伊热已然转学到新疆警察学院，穿上警服，继承父亲未竟的事业。

（原载“中国公安文学精选网”2016 年 6 月 14 日）